KB262480

천중 귀환록 11

푸른 하늘 장편 소설

초판 1쇄 찍은 날 § 2012년 8월 23일
초판 1쇄 펴낸 날 § 2012년 8월 30일

지은이 § 푸른 하늘
펴낸이 § 서경석

편집부장 § 권태완
편집책임 § 박우진
디자인 § 이혜정

펴낸곳 § 도서출판 청어람
등록번호 § 제1081-1-89호
등록일자 § 1999. 5. 31
어람번호 § 제1-1444호

주소 § 경기도 부천시 원미구 심곡2동 163-2 서경B/D 3F (우) 420-822
전화 § 032-656-4452 팩스 § 032-656-4453
http://www.chungeoram.com
E-mail § chungeorambook@daum.net

ⓒ 푸른 하늘, 2011

ISBN 978-89-251-2976-1 4810
ISBN 978-89-251-2696-8 (세트)

THE RECORD OF RETURNER

현중 귀환록

11

삼지안 바로나

푸른 하늘 장편 소설

FUSION FANTASTIC STORY

CONTENTS

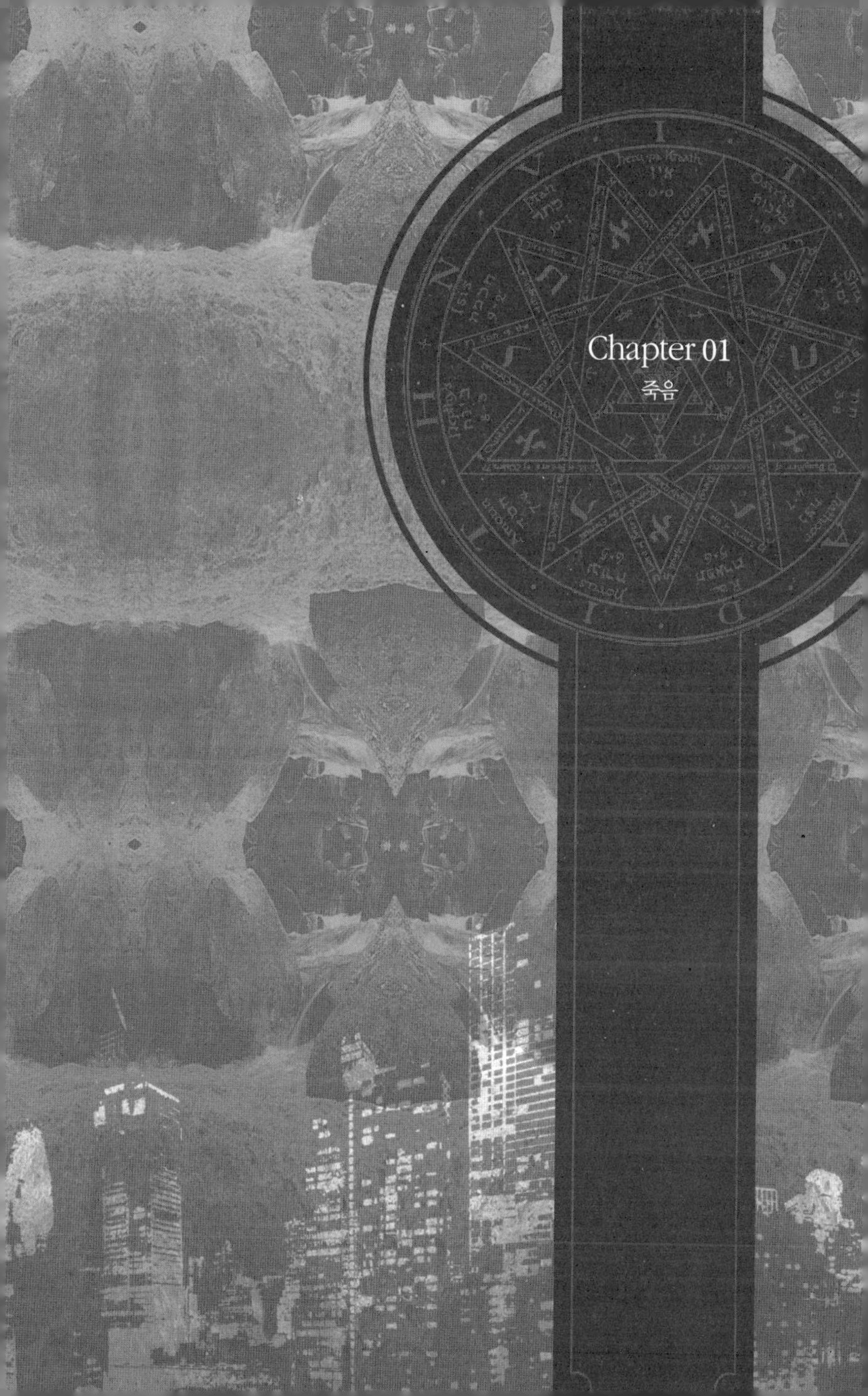

Chapter 01
죽음

　현대에 와서는 솔직히 결투라는 것이 스포츠 형식으로 자리를 잡은 것이 사실이다.

　옛날처럼 결투에서 목숨을 취하는 것이 법에 어긋나다 보니 결과적으로 좀 더 안전하고 보는 사람에게 혐오감이 생기지 않는 쪽으로 변화하는 것은 당연했다.

　그러다 보니 오히려 파티나 이런 공공장소에서 결투가 이뤄지는 경우가 흔하지는 않지만 종종 생기게 되었다.

　오히려 기사들의 결투는 하나의 남성다움을 볼 수 있는 곳으로 은근히 좋아하는 여자들이 있을 정도였으니 나름 보편

화가 되는 데는 성공했다고 말할 수 있었다.

하지만 그건 일반적인 기사들의 결투일 때 이야기다.

저벅저벅.

데이비드는 라이슨이 자신의 생일에 의도적으로 시비를 걸고, 말도 안 되는 억지를 부리면서까지 자신과 결투를 하려고 하는 이유를 도통 알 수가 없었다.

이 결투에서 라이슨이 이겨도 매너가 없는 귀족으로 찍힐 것이다.

그런데 진다면? 아마 몇 년 동안 사교 파티에서 라이슨의 얼굴을 구경하기 힘들 것이다.

그만큼 지금 라이슨의 행동 자체가 이곳에 있는 모든 귀족의 눈살을 찌푸리게 만들고 있었다.

거기다 데이비드는 현재 영국 내에서는 공식적으로 두 번째 마스터로 인정받은 상태였다.

물론 현중이 그에게서 마법사의 재능을 발견하여 마법사로서의 수련을 권유했다. 하지만 그럼에도 당분간은 마법사보다는 마스터로 남아 있는 게 더 좋지 않으냐 말하여, 데이비드는 자신의 진짜 능력을 아직 밝히지 않은 상태였다.

거기다 마법사라고 말하기도 부끄러울 만큼 현재 데이비드의 마법 능력이 바닥인 것도 한 가지 이유이긴 했다.

"어떤 거로 할까? 원 포인트?"

라이슨은 시종일관 웃는 얼굴로 데이비드를 도발하면서 당당하게 원 포인트 대결 방식을 이야기했다.

원 포인트 결투의 룰은 이름 그대로 먼저 공격해서 상대가 무릎을 꿇으면 그대로 결투가 끝나는 방식이다.

속전속결이라는 말이 적용된 결투 방식으로, 결투로 인한 부상이 가장 적으면서도 보는 사람에게는 손에 땀을 쥐게 하는 긴장감도 있었다.

거기다 짧은 시간에 결투가 마무리되는 경우가 많다 보니 결투하는 당사자들은 엄청난 체력을 소모하지만 그와 반대로 보는 사람에게는 가장 흥미로운 결투이기도 했다.

일반적인 대련 방식의 결투는 아무래도 장소, 무기, 시간적 여유가 많기 때문에 지루하게 흘러가는 경우가 많다. 그래서 생겨난 방식으로, 젊은 기사들 사이에서 승패를 가를 때 가장 선호하는 편이다.

그런데 라이슨은 도대체 뭘 믿고 저렇게 기고만장한 표정으로 결투를 신청하고, 거기다 원 포인트 방식으로 하자는 건지 데이비드는 짐작도 할 수가 없었다.

'무슨 꿍꿍이가 있는 것 같은데……'

이미 라이슨의 성격을 알고 있는 데이비드는 표정은 여유로웠지만 절대로 방심은 하지 않았다.

앞뒤를 모두 따져 자신에게 승산이 5할 이상 있지 않는다면 라이슨은 절대로 움직이지 않는 계산적인 성격이다. 기사 수업을 받을 때부터 라이벌 관계였던 데이비드이기에 누구보다 라이슨을 잘 알고 있었다.

그런 자가 현재 마스터로 인정받고 있는 자신에게 일부러 도발함과 동시에 영국 내 거의 모든 귀족은 기본이고 유럽의 다른 귀족들도 참석한 생일 파티에 이런 상황을 만드는 것부터가 의심스러웠다. 하지만 머릿속으로 아무리 생각해 봐야 변하는 것은 없었다.

"나야 상관없지."

데이비드도 자신의 생일에 이렇게 기분 나쁜 상태로 결투를 오래 하고 싶은 생각은 없었다.

데이비드와 라이슨이 춤을 추기 위해 만들어져 있는 무대에 서로 마주 보고 서자 주위에 귀족들도 정말 결투를 하는 것이라 생각이 들었는지 수군거리기 시작하는데,

"라이슨… 가문에서 도대체 무슨 생각으로……."

"그러게 말입니다. 데이비드 경은 이미 마스터로서 공인을 받은 분인데……."

아무리 무지한 사람이라도 마스터로 인정받은 데이비드와 평범한 기사 수업을 수료한 라이슨의 대결은 불 보듯 뻔한 것이었다.

그런데 오히려 귀족들이 지켜보는 상황은 조금 묘했다.

라이슨은 거만하게 웃고 있고 데이비드는 표정이 굳은 채 살짝 긴장해 있는 것이다. 당연히 서로 반대가 되어야 하는 모습인데 그렇지 못하니 귀족들의 시선을 사로잡는 것은 당연했다.

"현중 씨."

"왜 그러죠?"

마리아는 여전히 발코니 쪽에서 편안하게 남의 집 구경하듯 서 있는 현중의 모습에 슬쩍 물었다.

하지만 역시나 표정의 변화가 없는 현중이었다.

"괜찮을까요? 데이비드 성격에……."

마리아는 라이슨을 걱정하는 것이다. 먼저 시비가 붙었든 아니든 현재 이곳에 데이비드가 월등한 강자라는 것을 모르는 사람은 없다. 그리고 강자는 그에 걸맞은 아량을 보여줘야 하는 것이 귀족의 기본 소양이기도 했다.

하지만 마리아가 아는 데이비드는 다혈질에 가깝다. 거기다 자존심이 강하다 보니 누가 먼저 건드리면 절대로 물러서는 법이 없었다.

물론 처음에 라이슨의 도발에 데이비드가 정중하게 거절하는 모습에 마리아도 살짝 놀라긴 했지만 정당한 결투가 시작되면 어떻게 될지 그 누구도 모르는 법이다.

거기다 마리아도 눈치가 있었다.

　데이비드와 현중 사이에 뭔가 있다는 것을 진작에 눈치채고 있었다.

　그 증거로 데이비드는 뭔가 고민을 할 때마다 습관적으로 현중을 한 번씩 쳐다보는 것이다.

　마치 뭔가 지시를 기다리는 군인 같은 표정으로 말이다.

　"자기 일은 자기가 알아서 하겠죠. 애도 아니니."

　완전 생판 모르는 사람 일인 것처럼 말하는 현중의 태도에 마리아는 혹시 자신이 잘못 본 것이 아닌지 고민했다. 하지만 현중의 시선을 따라 바라본 곳을 보곤,

　"후훗."

　싱긋 웃으면서 그럼 그렇지 하는 표정을 지었다.

　현중이 정확하게 데이비드를 주시하고 있었기 때문이다. 물론 좀 더 캐물어보고 싶은 생각은 있지만 현중의 성격상 더 물어본다고 해서 말해줄 것도 아니어서 마리아는 모른 척 넘어가기로 했다.

　결투가 막 시작되려고 했다.

　여왕이 허락했기에 여왕의 시작을 알리는 신호가 있어야만 결투도 시작되기에 이곳의 모든 사람들은 지금 여왕의 입에 시선을 집중한 상태였다.

　그리고 기다리던 여왕의 입에서,

　"지금의 결투는 라이슨의 도발로 인해 이루어진 것이 명백

하므로 이번 결투로 인해 벌어지는 모든 것은 스스로 감수해
야 할 것입니다.”

라는 말과 함께 라이슨을 물끄러미 바라보자,

“기사는 변명을 하지 않습니다!”

자신있게 라이슨이 자신의 가슴에 손을 얹으면서 여왕을
향해 고개를 숙였다.

데이비드도 떨떠름하고 뭔가 찝찝했지만 이제 와서 물러
날 수도 없기에 라이슨과 같이 여왕을 향해 고개를 숙여 인사
했다.

짝!

“시작하세요!”

여왕의 최종 허락이 떨어지자 곧바로 데이비드는 자신이
자주 사용하는 주짓수 자세를 취했다.

현재 데이비드는 마법 수련을 하고 있다. 하지만 그렇다고
마법으로 누군가를 상대하는 것은 말도 안 되는 단계였다.

하여 마스터의 방식으로, 마나를 온몸에 퍼뜨려 육체를 최
대한 강화하는 방식으로 결정한 듯했다.

그런데 라이슨은 시종일관 웃으면서 별다른 준비 자세도
없었다. 거기다 데이비드를 향해 오른손을 슬쩍 들어 보이더
니 손가락을 까딱거리면서 먼저 오라고 도발까지 하는 것이
다.

"……."

데이비드는 라이슨의 모습에 가슴속에서 치밀어 오르는 분노를 억지로 내리눌렀다. 하지만 분노를 누를수록 오히려 마나가 데이비드의 심정을 대변하듯 더욱 강하게 몸을 휘젓고 다니면서 세포 하나하나에 공급되고 있었다.

1분…….

라이슨의 도발에도 데이비드는 가만히 주짓수 자세를 취하고 서로 마주 보고만 있었다.

"이런, 마스터께서 설마 겁을 먹으셨나?"

도발까지 하는 모습을 보이는 라이슨의 태도에 귀족들의 반응이 조금 이상하게 흘렀다.

"왜 공격하지 않는 거지?"

"데이비드님이 설마……?"

"설마… 마스터라는 거… 거짓말인가?"

시종일관 자신만만한 라이슨과 달리 뭔가 꺼림칙한 느낌을 지울 수 없는 데이비드의 굳어 있는 표정을 지켜보는 귀족들은 오히려 라이슨이 마스터로 보일 지경이었다.

거기다 처음이야 서로 뭔가 조심한다고 하지만 벌써 1분이 넘었는데 그 누구도 공격하지 않는 것이 이상했다.

특히 라이슨이 대놓고 도발하는데도 데이비드가 가만히 있자 주변의 귀족들은 갑자기 데이비드가 마스터라는 게 혹시 조작이 아닐까 하는 말까지 들리기 시작했다.

은근히 모든 곳이 다 보이는 발코니에 있는 현중은 지금 귀족들의 분위기와 라이슨의 태도를 유심히 지켜보다가 씨익 웃었다.

"왜 웃어요?"

마리아가 현중이 가만히 있다가 웃기에 물어보자,

"뭔가 꿍꿍이가 있군요."

"꿍꿍이라니요?"

현중은 슬쩍 턱짓으로 귀족들 뒤쪽에서 아까부터 계속 움직이면서 귀족들에게 뭔가 수군거리고 있는 귀부인 한 명을 가리켰다. 마리아도 귀부인을 봤는지,

"파리안 백작 부인이군요."

잘 아는 사람인 듯 말을 했지만 표정은 그리 좋지 못했다.

파리안 백작 부인은 미망인으로 남편인 파리안 백작이 교통사고로 사망한 뒤 작위를 임시로 이어받은 사람이었다.

그리고 라이슨 가문과 친밀한 관계를 가지고 있기로도 유명했다.

딱 봐도 꿍꿍이가 뭔지 뻔히 보이지만 현중은 우선 가만히 있기로 했다 현중에게는 어차피 상관없는 일이니 말이다.

그런데 세상일이 본래 뭐든지 생각대로 되는 법이 없고, 때로는 예상을 벗어나는 일도 일어나는 법이다.

퍼걱!!

털썩.

잠시 현중이 한눈파는 사이에 데이비드가 먼저 라이슨의 품속으로 파고들었고, 마나로 활성화된 세포 하나하나는 이미 그의 몸을 마스터에 근접한 몸놀림을 충분히 발휘하도록 했다.

데이비드의 주먹을 맞고 뒤로 날아간 라이슨이 쓰러진 채로 일어나지 못했다.

"기절한 건가?"

지켜보던 귀족들도 데이비드가 언제 라이슨의 품속으로 파고들었는지 제대로 본 사람이 없을 만큼 빨랐으니 그 충격이 오죽하겠는가.

타타타타!

직원 몇몇이 데이비드를 대신해서 쓰러져 꿈쩍도 하지 않는 라이슨의 곁으로 다가갔다.

하지만 그 순간에도 귀족들은 오히려 데이비드를 겁도 없이 도발한 라이슨을 바보라면서 수군거리고 있었다.

그런데 현중의 눈에 의외의 모습이 보였다.

방금 전까지만 해도 데이비드를 험담하면서 이상한 소문을 퍼뜨리던 파리안 백작 부인이 한순간에 안면을 몰수하더니 라이슨의 무모한 행동을 비난하면서 그 어떤 귀족보다 나서서 흥을 보고 있는 것이다.

그런데 그때,

"…죽었습니다! 죽었습니다! 앰뷸런스 어서 불러!! 서둘러!! 심장이 뛰지 않는다! 어서!!"

"……!!"

데이비드는 호흡을 고르면서 마나를 다시 진정시키는 와중에 자신의 귀에 들린 소리에 화들짝 놀랐다. 거의 반사적으로 뛰어든 데이비드는 곧바로 라이슨의 가슴에 손을 대어보니 정말 심장이 정지해 있었다.

"젠장!!"

분명 결투였고, 원한 것도 라이슨이고, 이렇게 상황을 만든 것도 라이슨이다. 하지만 라이슨이 죽어버리면 일이 정말 더럽게 꼬여 버리는 것이다.

거기다 여왕이 하는 일마다 사사건건 반대하면서 시비를 거는 라이슨 가문의 유일한 핏줄이 죽어버리면 상상 이상으로 복잡하다 못해 사상 최악의 생일 파티가 되어버릴 수도 있었다.

"비켜요!!"

마리아도 죽었다는 소리에 급히 달려와 데이비드를 억지로 끌어내더니 급히 자신의 손을 라이슨의 가슴에 가져다댔다.

"흡!"

마리아가 자신의 마나로 직접 라이슨의 심장에 타격을 줬다.

들썩!

"한 번 더!"

들썩!

마치 의료용 전기충격기로 전기충격을 준 것처럼 라이슨의 몸이 들썩거렸지만 심장이 뛰진 않았다.

보통 결투 중에 맞아서 죽는 경우는 심장마비가 대부분이었다. 특히나 이번처럼 데이비드의 공격이 딱 한 번만 성공했을 경우 몸에서 감당할 수 있는 충격을 넘어서게 되면 몸은 그 충격을 흡수하지 못하게 된다.

그럼 몸에 쇼크가 오게 되는데, 그렇게 쇼크가 몸에 생길 경우 거의 90% 확률로 심장이 충격을 이기지 못하고 멈추게 된다.

"C.P.R을 어서!!"

마리아가 옆에 있는 직원에게 소리치자 곧바로 라이슨의 입에 숨을 불어넣으면서 심폐소생술을 시전했다.

하지만 그것만으로는 멈춘 심장을 다시 움직이기 힘들었다. 우선 심장이 움직여서 피가 돌아야 뇌가 죽지 않는다.

심장이 멈추고 4분 안에 다시 심장이 뛰지 않는다면 뇌 손상이 생길 확률이 50%까지 높아진다.

즉, 심장마비는 시간과의 싸움인 것이다.

"비켜!!"

다시 마리아가 라이슨의 가슴에 손을 대고 마나로 심장을 자극했다.

들썩!

"다시!!"

들썩!

갑작스럽게 생일 파티가 엉망이 되어버렸다. 마리아가 다섯 번 정도 마나로 심장에 타격을 줄 때쯤 앰뷸런스가 도착했고, 급히 라이슨을 데리고 나갔다.

하지만 이미 시간은 10분을 넘은 상태였고, 이대로 다시 살아난다고 해도 뇌사가 될 확률이 90% 이상이다.

마치 영화 같은 일이 벌어졌고, 순식간에 파티는 그대로 끝나 버렸다.

데이비드가 태어나서 가장 화려한 생일 파티로 시작했지만, 끝은 생애 최악의 생일 파티로 끝나 버렸다.

*　　　*　　　*

"라이슨은… 어떻죠?"

데이비드는 끝나 버린 파티장에 홀로 남아 있다가 마리아가 다가오자 가장 먼저 라이슨의 상태부터 물었다.

이미 시간이 많이 흘렀고, 살아날 확률이 극히 희박하다는 것을 데이비드도 알고 있지만 혹시나 해서 물어본 것이다.

"최종 사망 진단을 받았어요."

마리아의 말에 데이비드는 조용히 고개를 떨궜다.

결투라는 형식이었고, 법을 떠나 귀족들의 관습 때문에 데이비드는 라이슨의 사망 사건에 관하여 아무런 책임이 없었다.

수많은 귀족들이 결투를 봤고, 결투가 있기까지의 과정을 모두 지켜봤기에 죽어버린 라이슨으로 인해 데이비드에게 뭐라고 할 사람은 없었다.

다만 마스터에게 겁도 없이 결투를 신청하는 게 목숨을 담보로 해야 한다는 것을 사람들의 머릿속에 각인시켜 버리는 결과를 만들긴 했지만 말이다.

물론 마리아나 그 외 마스터라면 라이슨의 사망과 같은 일은 일어나지 않았을 것이다.

왜냐하면 그들은 자신의 몸을, 자신의 마나를 완벽하게 컨트롤할 수 있는 능력을 가지고 있기 때문이다.

"어쩔 수 없는 사고였어요."

마리아는 데이비드를 위로한다는 뜻으로 말했지만 스스로

도 알고 있었다, 지금의 말은 그저 듣기 좋으라고 하는 인사치레라는 것을.

"네, 그만 일어날게요."

데이비드는 힘없이 일어나 그제야 파티장을 벗어났다.

데이비드도 이미 살인을 해보지 않은 것은 아니다. 특수부대에 있을 때도 작전 중에 해봤고 사람의 목숨을 취하는 것이 어떤 건지 잘 알고 있었다. 하지만 자신이 잘 알고 있는 사람을 자신의 손으로 죽였다는 것이 데이비드에게는 충격으로 다가온 것이다.

군에 있을 때 했던 살인과 지금의 결투로 인한 살인은 그 질이 달랐기에 데이비드에게 다가오는 충격 자체가 달랐다.

그걸 마리아도 어느 정도 알고 있기에 별다른 말을 하지 않았다.

그런데 마리아는 데이비드가 파티장을 빠져나가자 발코니를 보면서,

"언제까지 가만히 있을 건가요?"

심통이 살짝 난 듯 말하자,

"어차피 스스로 일어서야 하는 거니까요."

라고 말하면서 현중이 발코니 그림자에서 모습을 드러냈다. 지금까지 현중은 그곳에서 한 발도 움직이지 않았던 것이다. 그나마 바로 옆에 있었던 마리아였기에 현중이 거기에 있

다는 것을 알고 있지 그 외 다른 사람들은 현중의 존재를 전혀 몰랐다.

"이대로 둬도 되는 건가요? 생각 이상으로 충격을 받은 것 같은데……."

현대 사회에서 살인을 할 기회가 얼마나 되겠는가? 현중처럼 자신의 결심에 흔들림이 없는 마음을 가지고 있다면 몰라도 데이비드는 현중의 도움으로 마나를 가지게 되었고 마스터가 될 준비가 전혀 되지 않은 녀석이다.

물론 마스터가 아닌 마법사이긴 했지만 마나를 사용해서 육체의 능력을 최대한 끌어내는 것을 할 수 있으니 현재 데이비드의 능력이 조금 애매하긴 했다.

"이대로 무너지면 그것 또한 본인의 능력이 그것밖에 안 되는 거겠죠."

소 닭 보듯 무심한 현중의 말에 마리아는 한숨을 내쉬더니 현중의 옆으로 다가왔다.

"데이비드와 뭔가 있었죠?"

마리아가 이렇게 된 거 물어나 보자는 생각으로 말하자,

"네."

의외로 너무나 쉽게 대답해 주는 현중이었다.

"뭔지 말해주세요."

현중이 이처럼 무심하게 나온다면 마리아라도 데이비드를

어떻게든 달래야 했다. 공식적으로 두 번째 마스터다. 거기다 여왕의 총애를 받는 데이비드가 이런 일에 기죽어 있는 모습이 오래되어서는 좋을 게 하나도 없는 것이다.

영국 왕실을 떠나 영국 전체를 봐서도 데이비드의 지금 모습은 오래 끌면 끌수록 좋지 않은 결과만 낳을 것이기 때문이다.

특히나 이번 파티처럼 여러 사람의 이목을 한껏 집중시킨 다음이라 사람들은 데이비드의 이후의 행동에 관심을 가질 것이 분명했다.

그렇기에 마리아는 현중에게서 약간의 도움이라도 받을 요량으로 물어봤지만 현중은 조금 전과 달리,

씨익~

웃으면서 그대로 몸을 돌리더니 사라져 버렸다.

"현중 씨!!"

마리아는 결국 사라져 버린 현중의 모습을 보며 큰 소리로 한번 소리치고는 한숨만 내쉴 뿐이었다.

"나 보고 어쩌라고… 정말……."

어떻게 보면 지금 가장 답답한 사람은 바로 마리아였다. 나오는 건 한숨뿐이었다.

그런데 이상한 것이 하나 있는데, 바로 라이슨 가문에서 너무나 조용했다. 물론 상황을 이 지경까지 만든 원인을 모두

라이슨이 제공하긴 했지만 유일한 계승자가 죽어버린 라이슨 가문에서 마치 쥐 죽은 듯 조용하기만 한 것이다.

"도대체 내가 모르는 곳에서 무슨 일이 벌어지는 거지?"

MI-6를 관장하고 있는 마리아는 자신이 모르는 곳에서 뭔가 일이 계속 진행되는 것 같은 느낌이 들었고 그 느낌은 곧 찝찝한 채 남아버렸다.

분명히 현중은 뭔가 아는 듯한데 성격상 절대로 물어본다고 말해줄 사람도 아니었으니 오직 마리아 스스로의 능력으로 알아내야만 했다.

한편 파티장에서 사라진 현중은 파티를 열었던 고성의 탑 꼭대기에 모습을 드러냈다.

"테른."

―네, 마스터.

현중이 부르자 테른은 언제나와 같이 현중의 그림자 속에서 모습을 드러냈다.

"이상하지 않아?"

―누가 봐도 이상한 일입니다.

"꼭… 죽고 싶어서 안달 난 녀석처럼 보였단 말야. 라이슨이라는 녀석."

현중은 데이비드가 공격하는 순간은 보지 못했지만 데이비드의 공격을 맞고 뒤로 날려가는 라이슨은 보았다. 그리고 그의 표정에서 고통은커녕 오히려 웃고 있는 모습을 본 것이다.

무언가 성취했다는 것에 만족감을 얻은 듯한 미소를 말이다.

―저도 은밀히 알아봤지만 생물학적으로 이미 죽은 것은 확실합니다.

"나도 알아, 그건. 하지만 이상하게 찜찜하단 말이야."

데이비드의 주먹을 맞고 날려갈 정도면 그 위력이 상당할 것이다. 일반적으로 마나를 사용할 줄 아는 마스터도 맞는 순간 고통을 느끼게 되고, 고통을 느끼면 그 모든 것이 얼굴에 나타나게 마련이다.

하지만 라이슨은 웃고 있었다. 마치 일부러 맞아줬다는 것처럼 말이다.

―그보다 마스터.

"응?"

―일전에 지시하셨던 여성에 관한 정보입니다.

"여성?"

현중은 테른의 말에 잠시 고개를 갸웃거렸다. 자신이 언제 여자에 대해서 알아보라고 한 적이 있던가 하는 생각을 해봤지만 딱히 생각나는 것이 없었다.

―카일라제가 강림했던 여성에 관한 정보입니다

“……!”

현중은 그제야 눈빛을 반짝이면서 테른을 바라봤다.

갑자기 현중이 사라져 버리는 바람에 결과적으로 1년이나 걸려 버린 보고가 되어버렸다.

─이름은 카할라 리므니드입니다.

이름을 듣는 순간 현중은 딱 한 곳이 떠올랐다.

“인도로군.”

─네. 인도 북부 지역입니다. 알아본 결과 인도의 신 중에 칼리를 믿는 신도였습니다.

“칼리?”

현중도 칼리에 대해서는 어느 정도 알고 있었다. 인도의 힌두교 중에서 유명한 신이 몇 명이 있는데 그중에서 가장 유명한 게 바로 시바 신과 칼리 신이다.

웃기게도 시바 신의 배우자, 즉 아내가 바로 칼리 신이었다.

칼리 신은 다른 신과 달리 이상한 특징이 있는데 그게 바로 인간을 먹는 것을 너무나 좋아하는 신이라는 것이다. 인도 신화에서 보면 인간을 먹어대는 모습에 다른 신들이 제재를 가했고, 그 결과 나쁜 인간만 잡아먹게 되었다고 하는 신이다.

그러다 보니 신을 모시는 신전이 보통 사람들이 사는 곳에 있는 것과는 반대로 칼리 신을 모시는 신전이나 사원은 외곽에 있는 것이 특징이라면 특징이었다.

그리고 칼리는 창조와 파괴의 힘을 가지고 있으며, 세상이 멸망할 때 칼리 신이 나타나 세상을 멸망시키고 새로운 창조로 정화한다는 내용이 전해진다고 했다.

무엇보다 칼리 신을 모시는 사람 중에서 의외로 광신도가 많다는 게 또 한 가지 특징이라면 특징이었다.

—아무래도 카일라제가 칼리 신 행세를 하는 게 아닌가 생각이 됩니다.

테른의 말을 들은 현중은 인상을 찡그렸다. 파괴와 창조를 관장하는 신이다. 즉, 종말론을 지지하는 신자들이 많은 신의 행세를 한다는 것이다.

현중은 그 여자가 왜 죽음을 두려워하지 않는지 이해가 되었다.

어차피 죽어서 신의 곁으로 가고 세상에 종말이 온다고 믿는 여자에게 현중이 무서울 이유가 있을까? 못해도 결국에 죽기밖에 더 하겠는가?

세상에서 가장 강한 사람은 바로 죽음을 두려워하지 않는 자다.

"골치 아프군."

새로운 종교를 만들어서 신도를 만들어간다고 생각했던 현중의 예상은 보기 좋게 빗나가 버렸다.

설마하니 기존에 있는 신의 행세를 하면서 모습을 드러낼 줄이야. 완전 예상 밖인 것이다.

어째서 예상보다 빠르게 카일라제가 이 세상에 강림하는 게 가능했는지도 이해가 되었다.

의외로 인도에는 칼리 신을 믿는 신도가 많았다.

그런데 그들에게 신의 말씀이 들린다? 그리고 신의 기적을 보였다면? 당연히 목숨을 걸고 신에게 다가갈 것이다. 그게 인간의 본성이니 안 봐도 당연한 결과다.

─그리고 칼리 신의 교세가 인도 내에서도 빠르게 확장하고 있는 것을 확인했습니다.

"그렇겠지. 신의 기적을 보여주니 신도가 모일 수밖에."

현중은 가만히 생각하다가 순간 테른을 물끄러미 바라봤다.

"테른, 너 전에 인도에서 붙잡힌 적이 있지?"

─네, 마스터. 방심한 대가라고 생각합니다.

말은 그렇게 하지만 테른의 그 높은 프라이드에 금이 가는 경험인 것은 분명했다. 그리고 현중은 그때 흑마법을 지구에서 처음으로 봤던 것도 기억이 났다.

그때는 그냥 별 생각 없었기에 크게 신경 쓰지 않았는데 지금 생각해 보니 뭔가가 이상했다.

마법이 존재해서는 안 되는 지구에 흑마법으로 만들어진

결계에 봉인되어 있다지만 테른을 꼼짝 못하게 할 만큼의 아티팩트도 있었다.

그때는 여러 가지 다른 일 때문에 크게 신경을 쓰지 않았지만 지금 생각해 보니 너무나 이상한 것이다.

"테른."

현중이 테른을 보면서 부르자 테른도 현중의 생각을 대충 읽었는지 고개를 끄덕이면서,

─아무래도 인도에 대해서 더 깊이 조사를 해야 할 것 같습니다.

"조사로는 부족해. 뭔가 있어. 우리의 예상을 벗어난 뭔가가 움직이고 있어."

현중은 의외로 인도에서 뭔가 시작되고 있다는 느낌을 받았다.

─마스터, 그럼 아르카임 스톤헨지는 어떻게 하실 겁니까?

테른이 현중의 생각이 인도 쪽으로 뭔가 기울었다고 여겨 지금 추진하고 있는 아르카임 스톤헨지 계획을 물어보자 현중이 씨익 웃었다.

"그건 이곳의 여왕 폐하께서 알아서 하시겠지. 아니, 이미 시작됐을걸."

현중이 웃으면서 슬쩍 성의 아래쪽 입구를 바라보자 파티가 끝나고도 한참이 지난 새벽이 다 된 시간에 성을 빠져나가

는 검은 리무진이 여러 대 보였다.

모두 유럽에서 온 귀족들로 영국 내 귀족들은 이미 초반에 라이슨이 병원으로 실려 가자 눈치껏 돌아가 버린 후였다. 그리고 다른 국가의 귀족들도 돌아가려고 한 것을 여왕이 슬쩍 붙잡은 것이다.

―정보를 팔았군요.

테른이 지금 나가는 유럽의 귀족들을 보면서 한마디 하자 현중은 말없이 고개를 끄덕였다.

"정말 끝까지 여왕의 치밀한 계획은 대단하단 말이야. 국익이 된다면 수단과 방법을 가리지 않으니. 뭐, 오히려 난 그걸 노리고 일부러 여왕에게 정보를 넘기긴 했지만, 너무 생각대로 움직여 주니 기분이 좀 묘하군."

현중이 여왕에게 굳이 오리하르콘을 보여주고 나중에 반을 떼어주겠다고 하면서까지 정보를 넘긴 것은 마리아가 곤란한 지경에 빠지는 것을 막기 위한 것도 있지만 궁극적인 목적은 바로 이것이었다.

사교 파티에서 소문이 퍼지는 것도 충분히 목적을 달성할 수 있지만 단점이 있으니, 바로 신빙성과 시간이 걸린다는 것이다.

뜬소문이 많은 사교 파티의 소문은 아무리 그럴싸한 소문이라도 조사를 해서 신빙성을 얻어야만 했다. 그러자면 당연히 시간이 걸릴 수밖에 없다.

그런데 현중은 최대한 빨리 사이언톨로지를 끌어내야 하기에 뜬소문만으로는 아무래도 부족하다는 결론을 내린 것이다.

그래서 계획을 바꾼 것이 바로 여왕에게 직접 정보를 넘겨주는 것이다.

영국 여왕의 성격을 다른 유럽 국가에서 모를 리가 없다. 치밀하고 정보의 유무를 정확하게 가려서 판단하는 성격이다. 그런데 그런 여왕의 입에서 아르카임 스톤헨지에 오리하르콘이 있다는 정보가 나왔다면?

당연히 신빙성은 이미 확보가 된 것이다. 물론 의심하는 자들도 있겠지만 뜬소문을 듣고 조사하는 것과 영국 여왕의 입에서 나온 정보를 조사하는 것은 그 스케일부터가 달라진다.

설마 하는 생각에 조사를 한다면 분명히 시간과 노력이 적게 들어가게 마련이다. 하지만 여왕의 입에서 나온 정보라면 당연히 집중적으로 조사할 것이 뻔했다.

거기다 여왕이 어떤 식으로 말을 했을지도 대충 눈에 보였다. 영국은 이미 오리하르콘을 어느 정도 확보한 상태다. 거기다 인어를 보유하고 있고 아틀란티스도 이미 조사를 다녀온 상태다. 알게 모르게 국가적으로 압박이 들어왔을 것이 분명했다.

　다른 국가들도 대놓고 영국을 압박할 수는 없지만 시시때때로 기회를 엿보고 있었을 것이다.

　그럴 때 여왕은 조용히 유럽의 귀족들을 불러 아르카임의 스톤헨지에서 오리하르콘이 나왔다는 정보를 흘리는 것이다.

　대가로 영국의 압박을 풀어주는 것과 동시에 어느 정도 외교적으로도 교환을 했을 것이다.

　"후후후훗, 역시 한 나라의 왕으로 있는 자가 평범할 리가 없지."

　현중은 이미 여왕이 어떻게 행동하리라는 것을 예상하고 실행한 계획이었고, 여왕은 보기 좋게 현중이 원하는 대로 움직여 준 것이다.

　이제는 굳이 누가 나서지 않아도 유럽에서 알아서 소문을 퍼뜨릴 것이다. 그것이 중국과 러시아는 기본으로 미국까지 퍼지는 데 아마 하루도 걸리지 않을 것이다.

　요즘 같은 정보전이 치열한 현대에서 오리하르콘이 묻혀 있는 곳에 대한 정보는 어디서든지 새어 나가게 마련이니 말이다.

　한마디로 이제 현중은 앉아서 각국이 무력으로 씨름하는 모습을 구경하면서 사이언톨로지가 나타나는 것만 기다리면 되는 것이다.

─계획적이셨군요.

"그럼 설마 내가 아무런 생각 없이 여왕에게 가서 오리하르콘까지 보여주면서 설득했다고 생각해?"

현중은 자신의 머리를 톡톡 치면서,

"머리를 쓰라고 잔소리한 것은 바로 너였다, 테른."

테른도 현중의 말에 씨익 웃었다.

─지금은 제가 오히려 마스터에게 배우고 있습니다.

"나도 못난 마스터는 되기 싫으니까 어쩔 수 없는 거야. 그보다… 뭔가 찝찝한 게 하나 있는데……."

─말씀하십시오, 마스터.

"왜 더 이상 강림하지 않는 거지, 카일라제는?"

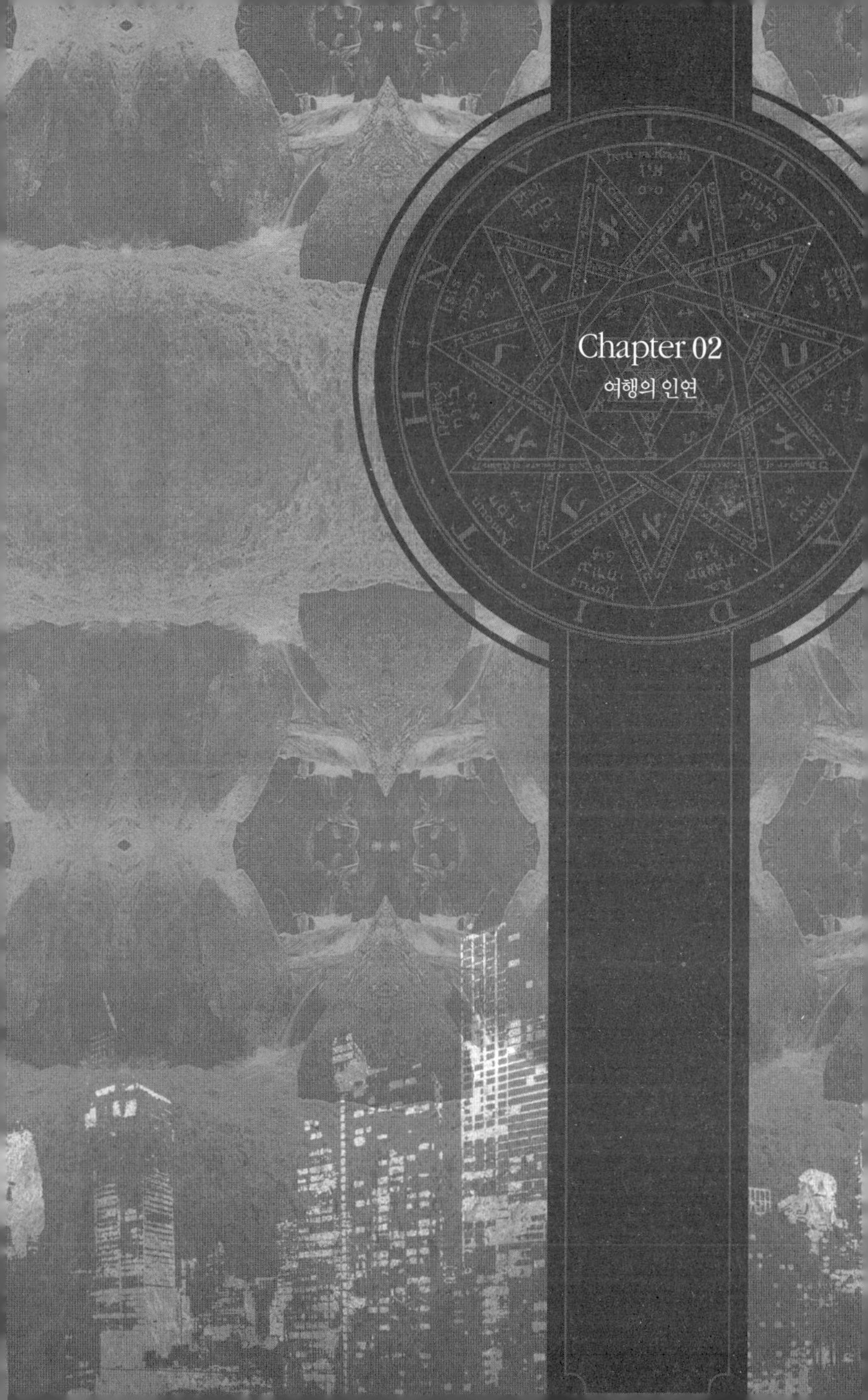

Chapter 02
여행의 인연

　테른은 현중의 말을 듣고서야 머릿속에 번쩍이는 느낌을 받았다.

　이미 1년 전에 한 번 강림을 성공한 카일라제다. 무슨 생각인지 모르지만 일부러 현중을 찾아와서 자신이 강림에 성공했다는 것을 보여주기까지 했던 카일라제가 그 후로 너무나 조용한 것이다.

　인간의 몸에 강림한 신은 아무리 현중이라도 어떻게 할 수 없었다.

　결국 때리고 죽여 봐야 카일라제를 품고 있는 인간만 죽일 뿐 카일라제에게는 그 어떠한 타격도 줄 수 없으니 말이다.

그런데 1년 전 그때 이후로 한 번도 카일라제는 모습을 드러내지 않고 있다.

테른이 사이언톨로지와 여러 가지를 생각하다 보니 오히려 그걸 전혀 염두에 두지 않고 있었는데 현중이 짚어낸 것이다.

—설마…….

테른이 잠시 생각하다가 현중을 슬쩍 바라보면서 말꼬리를 흐리자 현중도 고개를 끄덕였다.

"아무 인간의 몸에 강림하지 못한다는 조건이 붙어 있거나, 아니면 뭔가 강림하는 데 제약이 있거나 말이야."

현중은 폭 넓게 생각한 것을 이야기했지만 아마 강림을 할 수 있는 특정 인간이 따로 있다는 것에 무게를 두고 있었다.

"테른, 카할라 리므니드라는 여성에 대해서 소상하게 말해봐."

테른은 현중의 말을 듣고 바로 자신의 머릿속에 있는 그녀의 정보를 머리카락 하나 빠지지 않고 모두 말했다.

그 정보를 가만히 듣고 나서 현중은 손으로 턱을 괴고는 잠시 생각하더니,

"처녀라는 것과 친부를 죽인 경험이 있다는 것 빼고는 별다른 게 없군."

아무래도 테른이 조사한 것은 서류상이거나 사람들의 기억 속에 있는 그녀의 모습이기에 특별하게 뭐가 다르다는 것을 잡아내기는 힘들었다.

"테른, 인도로 가자. 뭐든지 직접 부딪치면 결론이 나는 법이니까 말이야."

―알겠습니다, 마스터.

현중의 말이 떨어지기가 무섭게 현중과 테른은 그 자리에서 사라져 버렸다.

그리고 몇 초 뒤에 모습을 드러낸 곳은 흙먼지가 메케하게 휘날리는 길 위였다. 사람이 다니긴 하는지 양쪽으로 수풀이 우거져 있지만 곧장 뻗어 있는 길의 모습을 보니 인간이 다니면서 만든 길인 것은 확실해 보였다.

"테른, 여긴 어디지?"

현중이 현재 이곳이 어딘지 물어보자,

―칼리가트 사원에서 가까운 곳으로 이동했습니다.

"칼리가트 사원? 칼리 신을 모시는 사원인가?"

―네, 마스터. 칼리가트 사원은 현재 인도에서 대표적으로 칼리 신을 모시는 사원으로 유명합니다. 그리고 카할라 리므니드가 그곳에 있었습니다.

씨익~

현중은 테른의 말을 듣고 입가에 미소를 짓고는 주변을 살펴보았다.

제법 멀리 도시가 보이지만 몇십 킬로는 떨어져 있는 것처럼 멀게만 느껴지는 거리였다. 테른이 말한 칼리가트 사원을 향해 고개를 돌리자 나름 커다란 강으로 보이는 곳에 건물 하나가 보였다.

―기슭에 보이는 저 건물이 칼리가트 사원입니다.

현중이 바라보는 것을 알려주듯 설명하자 현중은 고개를 끄덕이고는 천천히 걸음을 옮겼다.

―마스터, 걸어가시려는 겁니까?

"그럼 뛰어갈까?"

―아닙니다.

현중의 얼굴을 본 테른은 걷기를 좋아하는 성격 때문에 저런다는 것을 알고는 조용히 현중의 그림자 속으로 사라졌다.

"뭐, 나름 인도라는 곳도 나쁘진 않네."

첫인상이 너무나 안 좋았기에 별다른 느낌은 없지만 세계에서 단일 국가로는 인구가 가장 많다고 알려진 곳이 바로 인도였다.

의외로 사람들은 중국이 단일국가로는 인구가 가장 많다고 생각하지만 실제로는 인도가 중국보다 많았다. 땅도 좁은 편이 아니고 말이다.

그리고 사람들이 말하기를, 인도는 사람의 숫자만큼 신이 존재한다는 말이 있을 정도로 신이 많은 국가이기도 했다.

힌두교의 특성상 모든 것을 신으로 모실 수 있기에 신의 종류가 그만큼 많다는 것이다.

저벅저벅.

현중은 마치 인도를 구경 온 동양인 관광객처럼 보였고, 가끔 지나가는 인도 사람들도 현중을 한번 힐끔 쳐다볼 뿐 별다른 접촉도 없었다.

소가 끄는 수레를 타고 가지만 걷는 것보다 조금 더 빠른 속도인 것을 보면 인도 사람은 의외로 느긋한 성격일지도 모른다는 생각을 현중은 했다.

사람 구경도 하고 소도 구경하고, 물론 간간이 길가에 뿌려져 있는 소똥도 피해가면서 느긋하게 걸어가는 지금 현중의 모습은 아는 사람들이 보면 왜 그렇게 걸어가느냐고 반문할 수도 있지만 현중의 생각은 달랐다.

몇 분, 몇 시간 먼저 도착한다고 세상이 달라지는 것은 아니다. 그리고 이미 대륙에서도 자신의 호기심과 궁금증 때문에 성국에서 마족을 기다린 적도 있을 만큼 의외로 현중은 느긋한 면도 있었다.

거기다 차를 타고 다니는 것을 그리 좋아하지 않는 성격도 걷기를 좋아하는 것에 한몫하기도 했다. 뭐랄까, 급할수록 돌아가라는 말이 있듯 현중은 정말 시급을 다투는 일이 아니면 생각하면서 걷는 것을 좋아했고, 어느덧 그게 하나의 습관처럼 익숙해져 버렸다.

저벅저벅.

보기에는 가까워 보이지만 한 시간가량 걸었으나 이제 겨우 반 정도 왔을 뿐이다. 이쯤이야 하며 가벼운 마음으로 걸었지만 상황이 이렇게 되다 보니 슬슬 주위의 풍경도 거기서 거기였고 지나가는 사람들도 소 닭 보듯 하는 인도 사람들뿐이니 심심해지기 시작했다.

"그냥 이동할까."

걷는 것을 좋아하긴 하지만 이렇게 심심하게 계속 걷는 것은 현중도 사양이기에 이동하려고 마음먹고 오른발을 내디디려고 하는데,

빵!!

"……?"

현중의 뒤에서 요란하게 클랙슨 소리가 울렸다. 고개를 슬쩍 돌려보니 사륜구동 지프차 한 대가 현중의 옆으로 다가오더니 멈춰 서는 게 아닌가? 먼지를 잔뜩 머금은 지프차는 정면의 와이퍼로 먼지를 닦아낸 곳 외에는 모두 누런 흙먼지가 잔뜩 끼어 있었다.

끼익, 끼익.

현중의 옆에 선 지프차의 창문이 힘겹게 열리면서 누군가

가 얼굴을 내밀었다.

"……?"

"……?"

현중은 지프차의 창문으로 얼굴을 내민 검은 긴 머리가 매력적인 아가씨를 멀뚱히 바라봤다. 지프차의 여성도 창문을 열고 얼굴은 내밀었지만 정작 쉽게 입을 열지 못하고 있었다.

"…저기……."

이내 여자의 입에서 나온 말은 한국말이었다. 아마 현중의 뒷모습을 보고 동양인이기에 무작정 다가왔는데 막상 현중을 마주하니 일본 사람인지 중국 사람인지, 아니면 한국 사람인지 선뜻 판단이 되지 않았던지 잠시 고민하다가 한국어로 물어본 듯했다.

그런데 여성의 입에서 나온 한국말은 왠지 조금 어눌했다. 마치 외국인이 한국어를 배워서 말을 하는 듯 말이다.

현중은 그런 여자의 모습에 웃으면서 영어로 대답했다.

"영어가 편하면 영어로 하세요. 그리고 전 한국 사람이니 한국어도 상관없습니다."

원어민에 가까운 발음으로 현중이 대답하자 여자는 표정이 확 밝아지면서 그때부터 영어로 말하기 시작했다.

"미안해요. 막상 어디 사람인지 구분이 쉽게 가지 않아서요."

현중은 여자의 말에 한국에서 입양된 사람으로 대충 간파했다. 이런 것은 굳이 천심통을 사용하지 않아도 뻔히 보이니 말이다. 어눌하지만 한국어를 사용하는 것보다 영어가 더 편하고 자연스러운 것을 보면 해외 입양아일 확률이 높았다.

"괜찮습니다."

현중이 보기 좋은 미소를 지으면서 여자에게 신경 쓰지 말라는 듯 말하자,

"우선 가시는 길에 불러 세운 것은 죄송해요. 그런데 여기서 칼리가트 사원으로 가려면 이 길로 쭉 가면 되나요?"

현중은 여자의 질문에 손을 들어 손끝에 보이는 건물을 가리키면서,

"저게 칼리가트 사원입니다."

"아, 그래요? 감사해요. 이곳 인도 현지인들은 도대체가 영어로 아무리 물어봐도 대답도 안 해주고… 가이드가 갑자기 열병이 걸려서 빠지는 바람에 겨우 물어물어 여기까지 왔거든요."

눈앞에 보이는 건물이 자신의 목적지라는 것을 알고는 그녀가 한껏 웃으며 좋아하는 표정을 지었다. 현중은 살짝 고개만 끄덕이고 다시 갈 길을 가려고 걸음을 옮기려는데,

"저기… 오빠!"

멈칫.

현중은 순간 오빠라는 말에 자신도 모르게 걸음을 멈추었다.

그리고 고개를 돌리자,

"전 제이니예요. 제이니 강. 오빠는 이름이 뭐예요?"

"현중, 김현중입니다."

현중이 간단하게 이름을 말하자 제이니는 지프차 문을 열고 나오더니,

"타요."

선뜻 현중에게 차에 타라고 말하는 제이니의 모습에 현중은 피식 웃었다. 인도는 의외로 치안이 불안한 나라다. 그리고 혼자 여행하다가 도둑을 맞는 경우도 많고 웃으면서 넘길 수 있는 사기도 제법 많은 나라였다.

물론 같은 여행객으로 보이고 같은 국가 사람이지만 처음 보는 남자를 선뜻 차에 태우려는 제이니의 모습에 현중은 그만 웃어버린 것이다.

순진하다고 해야 할지 세상 물정을 모른다고 해야 할지, 아무튼 붙임성이 좋은 것만은 확실해 보였다.

"처음 보는 남자를 차에 태우면 위험하지 않나요?"

현중이 장난스럽게 제이니에게 한마디 하자 제이니는 오히려 웃으면서,

"후후훗, 저 이래도 태권도 2단에 주짓수를 배웠어요. 호

오옷!"

마치 현중에게 보여주려는 듯 폼을 잡는 모습에 현중은 기분 좋게 웃었다.

현중의 웃는 모습에 제이니는 뒷문을 열어주면서,

"그리고 전 혼자가 아니랍니다."

현중이 뒷문으로 가보니 작게 손을 흔들면서 현중에게 어색하게나마 인사를 하는 여자가 한 명 더 있었다.

그뿐만이 아니라, 현중이 지프차에 올라타자 뒤쪽에 남자 두 명이 더 있었다.

졸지에 차를 얻어 타게 된 현중이 어색하게 그들과 인사하고 나자 운전대를 잡은 제이니가 현중을 돌아보았다.

"현중 오빠는 어디까지 가요?"

"칼리가트 사원까지 갑니다."

현중이 대답하자,

"오옷! 이거 인연이다! 그죠?"

뭐가 그리 신났는지 방긋 웃는 얼굴로 바라보고는,

"모두 꼭 잡아! 목적지가 저기야! 까짓것, 밟는 거야!! 아자!!"

부우우웅우!! 끼이이이익!!

마치 레이싱 카가 출발선에서 엔진을 달구는 듯한 느낌을 받을 만큼 우렁찬 엔진 소리가 차 안을 가득 채웠다. 그리고 기어에 손을 얹고 제이니가 기어를 넣자마자 모두의 몸이 뒤로 쏠리면서 순식간에 앞으로 지프차가 튀어나가는 것이다.

비포장도로라고는 생각하기 힘든 절묘한 스타트 솜씨였다.

"야, 제이니! 그만 좀 업 돼라! 이러다 우리가 죽겠다!!"

현중의 옆에 있던 여자가 제이니를 향해 소리쳤지만 이미 제이니의 눈에는 오로지 칼리가트 사원만 눈에 들어오는 듯 미친 듯이 달리고 또 달렸다.

끼이이익!!

마치 드리프트 턴을 하듯 지프차가 90도로 미끄러지면서 멈췄다. 지프차가 미끄러지면서 피어오른 흙먼지 때문에 잠시 시야가 보이지 않았지만 곧 가라앉았다.

"짠~! 도착!!"

오른손으로 브이 자를 그려 보이면서 해맑게 웃고 있는 제이니였지만,

딱!

곧바로 현중의 옆에 있던 여자의 작은 주먹이 제이니의 머리를 때렸다.

"아얏!"

"야! 우리 모두 죽일 일 있냐! 넌 어째 운전대만 잡고 기분만 업 되면 이러니? 나 참."

친구로 보이는 여자의 모습을 보니 이런 적이 한두 번이 아닌 듯했고, 현중은 그 모습에 둘 사이가 꽤 친한 걸로 생각했다.

이런 외국 여행을 같이 올 정도면 웬만큼 친해서는 힘들다. 그냥 관광이라면 솔직히 적당히 친해도 상관없지만, 자신이 차를 운전하고 길을 물어서 같이 다니는 여행이라면 어릴 때부터 서로 습관 하나까지도 알고 있는 사이가 대부분이다.

이런 말이 있지 않는가. 진정한 친구를 사귀려면 같이 여행을 떠나보라고 말이다.

관광과 여행을 같이 생각하는 사람들이 많은데 관광과 여행은 엄연히 다른 것이다.

관광은 말 그대로 돈 쓰면서 편하게 구경하는 것이다.

하지만 여행은 자신의 몸으로 직접 부딪치면서 느끼고, 배우고, 그리고 깨닫는 것이 바로 여행이다. 완전히 다른 것이다.

그리고 여행은 힘들다. 특히나 외국 여행은 여자의 몸으로 함부로 다니기에는 제법 위험하기도 했다. 특히나 치안이 불안한 국가라면 더더욱 그렇다.

인도도 수도인 델리나 여행객이 많은 도시는 치안이 괜찮았다.

하지만 지금 현중이 가고 있는 칼리가트 사원이 있는 곳은 외곽이었고, 수도만큼의 치안을 기대하기 힘든 곳이었다.

인도를 여행할 때 경험자에게 물어보면 한결같은 말이 있다.

인도에서는 함부로 사람을 믿어서는 안 된다고 말이다. 특히나 밤에는 더더욱 위험하다고 한다.

"기집애, 왔으면 된 거지 승질은……. 자, 내립시다!"

별것 아닌 듯 웃는 얼굴로 차에서 내린 제이니는 내리자마자 주변을 살피면서 힌두교 특유의 사원 모습에 감탄했다.

"캬!! 역시 이런 것은 직접 봐야 해! 그치?"

"제니, 차문은 잠가야지!!"

"아차!"

제이니는 급히 친구의 말에 서둘러 차문을 잠그고는 다시 돌아왔다.

그 모습을 가만히 바라보던 현중은 왠지 저 둘의 호흡이 잘 맞는다고 생각했다. 한 명은 분위기 메이커로 낙천적이고 쾌활하지만 덜렁대는 성격이고, 한 명은 차분하면서도 꼼꼼한 성격으로 둘이 서로 호흡이 잘 맞아 보였다.

뒤에 타고 있던 남자 2명은 일행이 아니었는지, 도착하고 나서 서로 어색하게 인사하고는 제 갈 길로 사라졌다. 현중처럼 중간에 만나 얻어 탄 것이라 한다.

덥석.

"현중 오빠."

현중도 도착했으니 이만 헤어지려고 걸음을 돌렸다. 하지만 어느새 다가왔는지 현중의 팔짱을 끼고 다가온 제이니가 웃으면서 현중을 바라봤다.

"여행하다가 만난 것도 인연이고, 거기다 같은 목적지잖아요. 어때요? 저희랑 같이 다니실래요?"

제이니 정도의 미인이 먼저 같이 다니자고 대시한다면 거의 모든 남성은 바로 오케이 하겠지만 현중은 할 일이 있었다.

"전 다른 목적이 있어서요. 이만……."

"피이! 그래요?"

현중이 거절하자 제이니는 서운한 듯 입술을 오리 입처럼 내밀고는 삐쳤다는 것을 얼굴로 강력하게 표현했다.

그때,

딱!

"아얏!"

"넌 기분 내키는 대로 행동하는 버릇 좀 고쳐라."

친구가 언제 다가왔는지 현중의 팔을 끼고 있는 제이니의 머리를 또다시 때리고는 현중에게,

"죄송해요. 제니가 좀 즉흥적인 면이 많아서요."

"아닙니다. 미인이 초대를 해주셨지만 전 다른 볼일이 있

어서요."

"네. 죄송해요."

한 명은 사고치고 한 명은 뒷수습하는 모습이 너무나 자연스럽다.

물론 현중도 제이니의 너무나 밝은 성격이 싫지는 않았다. 지금까지 현중의 주변에 제이니 같은 성격의 여자가 없었던 것도 있지만 저렇게 허물없이 누군가에게 쉽게 다가가는 제이니의 성격은 현중에게는 부러운 면이었다.

현중과는 완전 반대되는 성격이니 말이다.

그렇게 제이니와 헤어진 현중은 우선 사원 주변을 살펴보면서 혹시나 흑마법이 감지되는지 살피기 위해 사원을 세세하게 살펴보기 시작했다.

그러다 보니 원하지는 않았지만 또 만나 버렸다.

"앗! 현중 오빠다!"

"……."

현중은 저 멀리서 뒷모습만 보고도 대번에 자신을 알아차리고 소리치는 제이니를 보고는 한편으로는 대단하다고 생각했다.

사원을 살펴보던 도중에 보니 이곳엔 동양의 관광객이 제법 많았다. 그 와중에 잠깐 만난 자신을 뒷모습만으로 판별해 내는 것은 대단한 일이었다.

“또 보네요.”

현중이 웃으면서 인사하자 제이니가 현중에게 다가오더니,

“현중 오빠, 볼일은 끝났어요?”

마치 무언가 기대한다는 듯한 눈동자로 현중을 뚫어지게 쳐다보는 제이니였다.

그런데 그때 익숙한 주먹 하나가 쑤욱 나타나더니 제이니의 머리를 때렸다.

딱!

“아얏!!”

레퍼토리가 너무나도 똑같아서 오늘 처음 본 현중도 외울 정도다.

“왜 때려?”

머리를 어루만지면서 뒤돌아보니 역시나 제이니의 친구가 눈꼬리를 살짝 올리고는 제이니를 무섭게 쳐다보고 있었다.

“내가 말했지. 이곳은 사원이라고. 사원에서 소리치는 사람이 어디 있냐.”

친구는 방금 전에 제이니가 현중을 부르면서 소리친 것 때문에 화가 난 듯했다.

“아차! 그렇지. 여긴 사원이지.”

모시는 신마다 조금은 다르지만 신을 모시는 곳에서 소리

치면서 소란스럽게 하는 것은 대단한 실례였다. 그리고 친구의 화난 모습을 보니 뒤따라오면서 사원 관계자에게 사과하고 오느라 조금 늦게 도착한 듯 보였다.

"내가 너 때문에 오늘 사과만 몇 번을 하는지 모르겠다, 정말."

말로는 화가 단단히 났다는 식으로 말하지만 제이니가 씨익 웃으면서 친구의 팔짱을 끼고 흔들자,

"이 웬수야~"

그걸로 금방 풀어진 듯 곧 웃어버렸다.

그렇게 친구의 화를 풀어준 제이니는 다시 현중을 보더니,

"현중 오빠, 볼일 끝났죠? 그죠? 그렇죠?"

마치 볼일이 끝나지 않았어도 끝났다고 말해주길 바라는 노골적인 질문이다.

마침 현중도 사원 전체를 살펴봐도 흑마법의 흔적을 느낄 수 없기에 이쯤에서 조사를 잠시 멈출까 생각하는 도중이었다.

"네. 조금 전에 끝났습니다."

"와아! 그럼 같이 다녀요. 어때요? 제가 에스코트해 드릴게요."

제이니는 양팔을 자신의 허리에 가져가더니 당당하게 현

중을 향해 말했지만,

딱!

친구의 주먹에 다시 고개 숙여야 했다.

"이해하세요. 이 녀석이 좀 바보 같은 면이 있어서……."

친구의 말에 현중은 웃으면서,

"아닙니다. 쾌활하니 전 보기 좋은데요."

쑤욱!

순간 현중의 말이 끝나기가 무섭게 제이니가 얼굴을 현중에게 들이밀더니,

"현중 오빠, 애인 있어요?"

"야~!!"

제이니의 돌발 질문에 오히려 당황한 것은 현중이 아니라 친구였다.

"이것아, 적당히 좀 해라. 제발. 죄송해요. 쓸데없는 걸 물어서."

친구는 당황했는지 재빨리 제이니의 목을 잡고 억지로 현중의 곁에서 떼어놓았다. 그런 모습에 현중은 아무렇지 않다는 듯,

"없습니다."

"……!!"

현중의 대답을 들은 제이니는 눈빛을 반짝거리면서,

"잘됐네요. 저도 애인 없는데. 후후후훗."

어린애 같다고 해야 할까?

현중이 보기에 제이니는 어디로 튈지 모르는 럭비공과 같은 성격이었다.

마치 어린애가 이랬다저랬다 하는 것처럼 말이다. 도통 종잡을 수가 없었다.

"으이구, 역시나… 그럼 그렇지."

친구도 제이니가 결국 그럴 줄 알았다는 듯 한숨을 내쉬고는 현중에게 다가오더니,

"저기… 같은 한국 사람인 것도 있고… 인연인데 같이 다니실래요?"

결국 친구가 제이니의 고집에 항복하고 만 것이다. 현중은 그런 둘의 모습이 왠지 보기 좋았다.

허물없이 모든 것을 대화하는 친구 사이가 무엇인지 보여주는 것 같은 모습이 현중에게도 호감으로 다가왔던 것이다.

"저라도 괜찮다면……."

현중이 정중하게 승낙하자 제이니는 현중의 손을 붙잡고 좋아서 어쩔 줄 몰라 하는 표정이고 친구는 한숨을 쉬면서도 현중을 한번 힐끗 보더니,

"전 이민정이에요."

이민정이 현중에게 악수를 하자는 듯 손을 내밀자 현중은
손을 맞잡으면서,

"김현중입니다."

"전 이민을 왔기에 그냥 한국 이름 그대로 쓰고 있어요.
제이니는 입양되어서 제이니 강이라는 이름을 쓰고 있구
요."

"네."

구태여 설명을 바라진 않았지만 이민정은 이런 상황을 많
이 겪은 듯했다.

현중은 이민정을 보면서,

"두 분이 친한가 보군요."

라고 말하자 이민정은 미간을 찡그리면서,

"…웬수지요."

라고 대답하고는 다시 제이니의 머리를 살짝 쥐어박았
다.

"걷기 힘드시잖아. 그만 좀 떨어져."

걷는 내내 현중의 팔을 잡고 늘어지는 제이니의 모습에 참
다못한 이민정이 또다시 잔소리를 하자,

"피이. 뭐 어때서. 닳는 것도 아닌데. 그죠, 현중 오빠?"

서슴없이 현중에게 오빠라고 부르면서 다가오는 제이니의
모습에 현중이 고개를 끄덕였다.

이민정이 현중에게,

"오냐 오냐 다 받아주면 안 돼요. 저 녀석 버릇이 없어서 다 받아주면 머리 위에 올라앉을지도 몰라요."

마치 부모가 잔소리하듯 말하자 제이니는 그런 이민정을 한 번 바라보더니 혀를 날름거리면서,

"내가 뭐?"

"오늘 처음 본 사람한테 적당히 해야지, 바보야."

이민정이 또다시 제이니의 머리를 쥐어박았다.

"아얏! 그만 좀 때려! 머리 나빠지겠다!"

"그럼 안 맞게 조신하게 좀 행동해라. 다 큰 처녀가 오늘 처음 본 남자 팔짱에 매달리는 모습, 좋은 게 아니야."

"뭐, 내가 좋으면 됐지."

익숙한 듯 제이니는 이민정의 잔소리를 한 귀로 듣고 한 귀로 흘려 버리고는 여전히 현중의 팔에 매달렸다.

하지만 자신의 말이 먹혀들지 않자 이민정이 결국 실력 행사에 나섰고, 강제로 현중의 곁에서 제이니를 떼어내 버렸다.

"아, 좋았는데……."

노골적으로 현중에게 관심이 있다는 표현을 하는 제이니와 반대로 이민정은 손으로 이마를 부여잡았다.

"이 웬수를 데리고 앞으로 남은 일정을 어떻게 소화해야

할지 걱정이다."

언제나 조용하기만 하던 현중의 주변에 처음으로 소란스러운 사람들이 자리 잡았지만 싫지 않다는 것에 현중 자신도 의아해했다.

언제나 조용하게 생각하는 것을 즐기고 혼자 걷기를 즐기던 현중도 이런 기분은 처음이다.

대륙에서는 처음에는 공포 때문에 다가오는 사람이 없었고, 나중에는 영웅으로 칭송받으면서 다가오는 사람이 없었다.

거기다 이렇게 무작정 들이대는 여자도 솔직히 처음이다.

노골적으로 관심 있다고 표현하고 있으니 말이다. 물론 미인이니 기분이 좋은 것인지도 모른다.

"식사하셨어요?"

이민정이 제이니와 툭탁거리다가 겨우 진정시키고 나자 현중에게 물었다.

"아니요. 이제 먹어야죠."

"잘됐네요. 저희랑 같이 먹어요. 이 웬수가 또 사고 치기 전에요."

그렇게 현중이 들어간 곳은 식당이라는 간판도 알아보기 힘들 만큼 허름한 건물의 1층이었다.

인도어로 쓰여 있지만 현중에게 이미 언어란 아무런 문제
가 되지 않았는데 의외로 다른 곳에서 문제가 생겼다.

"모두 커리뿐이네요."

그렇다. 식당 메뉴가 모두 커리가 기본이고 들어가는 재료
에 이름이 다를 뿐이었던 것이다.

인도어를 전혀 알지 못하는 제이니와 이민정은 멀뚱하니
현중만 바라봤다. 의외로 현중이 인도어를 아는 모습이 뜻밖
인 듯했다.

"이상한가요?"

현중이 물어보자,

"아니요. 설마 인도어를 알 거라고는……."

영어를 너무 잘하기에 영어를 전문으로 배운 줄 알았던 것
이다. 그런데 그건 시작에 불과했다.

현중이 손을 들어 직원을 부르더니 너무나 자연스럽게 인
도어로 여러 가지를 물어보는 것이다.

그런 현중의 모습에 제이니는 멍하니 바라보기만 했고 이
민정도 똑같았다.

그렇게 잠시 이야기를 나눈 현중은,

"이곳에서 잘나가는 것은 치킨 커리와 시금치 커리, 그리
고 오리지널 커리라는군요. 어떻게 하실래요?"

현중이 물어보자 제이니는 눈을 반짝거리더니,

"현중 오빠, 가장 매운 커리가 뭐예요?"

제이니의 질문에 현중이 별 생각 없이 직원에게 물었다. 직원은 엄지손가락을 치켜세우면서 1초의 생각도 없이 빈달루 커리라고 대답했다. 현중이 그대로 전하자,

"전 빈달루 커리 주세요."

기다렸다는 듯 말하는 제이니였다.

이민정은 그런 제이니의 모습에 한숨을 쉬더니 이번에는 별말 하지 않고는,

"전 치킨 커리로 할게요."

"그래요? 그럼 전 시금치 커리로 하죠."

서로 똑같은 것을 시켜서 겹치기보다는 다른 재료의 커리를 시켜서 시각적으로도 뭔가 조금은 다양해 보이도록 했다.

비록 결국 커리라는 것은 변함이 없지만 말이다.

현중은 별 생각 없이 그렇게 주문했고, 현중의 주문이 끝나자마자 시커먼 솥에 여러 가지 향신료와 재료가 들어가더니 생각보다 빠르게 커리가 만들어져 나왔다.

별다른 반찬도 없었고 오로지 커리를 담은 접시 세 개가 전부였다.

"포크는?"

제이니는 접시 하나만 달랑 주자 포크나 숟가락을 찾는 듯

두리번거렸지만 그 어디에서도 숟가락과 포크를 찾아볼 수 없었다.

결국 현중이 보다 못해 직원에게 물어보자 이곳 식당에서는 포크나 숟가락을 준비하지 않는다는 것이다. 인도 사람들은 오른손으로 커리를 비벼 먹기 때문이다.

현중은 그렇게 말을 전해주면서 원하면 테른의 아공간에 있는 숟가락 하나를 꺼내주려고 했다. 그런데 제이니는 곧 눈빛이 반짝이더니,

번쩍!

오른손을 들고 손가락을 몇 번 까닥거리면서 마치 먹이를 노리는 독수리의 발톱처럼 커리를 향해 맹렬히 내리꽂히더니,

조물조물.

손으로 커리를 대충 뭉쳐서 입안에 넣으려고 했다.

그런데 그런 모습을 본 이민정이 황급히 제이니의 오른팔을 잡더니,

"손을 씻어야지, 이 웬수야."

하루 종일 운전하고 사원 여기저기를 돌아다니면서 손이 그리 깨끗하지 못했는데 제이니는 그 손 그대로 커리를 집어 입에 넣으려고 한 것이다.

결국 이민정의 손에 이끌려 제이니는 손을 깨끗하게 씻고

다시 커리를 집어 입안에 넣었다.

그리고 잠시 오물오물하더니 곧 입의 움직임이 멈추었다.

“우웩!”

그녀가 그대로 고개를 돌려 손으로 먹던 커리를 다 뱉어버렸다.

사실 제이니가 시킨 빈달루 커리는 인도에서도 유명한 커리로 향신료가 너무 강하고 진해서 초보는 먹는 순간 강한 향신료에 토하는 것이 다반사였다.

그나마 이민정이 시킨 치킨 커리는 어린애도 먹을 수 있을 만큼 순한 맛이기에 상관없지만 빈달루 커리는 초보가 먹는 것 자체가 하나의 커다란 도전이었다.

“야! 으이구! 내가 그럴 줄 알았지.”

이민정은 처음부터 빈달루 커리가 향이 강하고 진해서 초보는 절대로 먹을 수 없다는 것을 알고 있었지만 제이니의 고집과 그동안 애먹인 것 때문에 골탕 한번 먹어보라는 뜻으로 일부러 아무 소리도 하지 않은 것이다.

그리고 보기 좋게 빈달루 커리를 입에 넣은 제이니는 몇 번 씹지도 않고 그대로 뱉어버렸다.

그리고 울상으로,

“역겨워. 욱! 욱!”

뱉어내고 물로 입안을 헹궜지만 너무 강한 향신료 때문에 아직도 입안이 얼얼한 듯 얼굴이 여전히 울상이었다.

"굶어!"

간단하게 한마디 한 이민정은 자신의 음식을 먹었고, 현중도 피식 웃고서 식사를 시작했다.

물론 시금치 커리가 결코 식욕을 자극하는 색은 아니었지만 현중은 그럭저럭 먹을 만했다. 대륙에서 비린내 나는 고기도 먹은 현중에게 향신료의 강한 향은 그리 문제 될 것이 없었다.

결국 제이니만 입안의 향신료 향기 때문에 굶을 수밖에 없었다.

그래도 미우나 고우나 친구라고 스위트라 씨를 따로 주문해서 먹이고 커리로는 배를 채우지 못했는지 식당을 나와 길거리 음식으로 보이는 사모사와 도사를 사서 먹었다.

사모사와 도사는 한국의 튀김 도넛과 비슷한 형식으로 만들어지지만 세모난 모양으로 의외로 맛이 좋고 한 개만 먹어도 든든한 것이 괜찮았다.

"현중 씨는 숙소가 어디세요?"

이제 해도 뉘엿뉘엿 져서 어두워지자 이민정이 현중에게 물었지만 현중은 웃으면서,

"아직 해야 할 일이 조금 남아서요."

"그래요?"

　이민정도 현중의 말에 살짝 아쉽다는 듯한 표정을 지었는데 제이니는 아예 서운하다고 얼굴에 써 붙이고 있었다.

　"현중 오빠, 이대로 헤어지는 거예요?"

　"아직 해야 할 일이 남았거든요. 그럼 이만. 좋은 시간 보냈습니다. 혹시라도 또 만나게 되면 그때 다시 즐겁게 여행하죠."

　현중은 아마 더 이상 제이니와 이민정을 만날 일이 없을 것으로 생각하고 말했고, 이민정도 현중의 말에 대충 눈치를 챈 듯했다. 다만 제이니만 풀이 죽어버린 모습이었지만 말이다.

　뭐 뜻하지 않게 제이니, 이민정과 함께 움직였지만 현중은 괜찮았다.

　어차피 해가 떨어지면 움직일 생각이었고, 본래 현중이 기다리는 녀석들은 밤에 움직일 것이라고 판단했으니 현중에게는 오히려 제이니와 이민정이 시간을 때우는 데 많은 도움이 되었다.

　"테른."

　현중이 홀로 떨어져 나와 가장 커다란 나무 위로 올라가 나무 꼭대기의 가는 가지 위에 서서 테른을 불렀다.

　―네, 마스터.

　테른도 현중의 그림자에서 모습을 드러내더니 작은 산새

조차도 앉기 힘든 가는 가지 위에 안정적으로 섰다.

"그녀가 여기서 나왔다는 것은 확실하지?"

—확실합니다. 모든 정보를 종합해 볼 때 이곳이 마지막으로 카할라 리므니드의 행적이 드러난 곳입니다.

테른이 저렇게까지 확신한다면 정보는 틀림없을 것이다.

그럼 이제 현중은 기다리든지 아니면 먼저 움직이든지 하는 일만 남았다.

그런데 먼저 움직이자니 현재 정보가 거의 전무하다시피 하기에 결국 현중은 나무 위에서 기다려 보기로 했다.

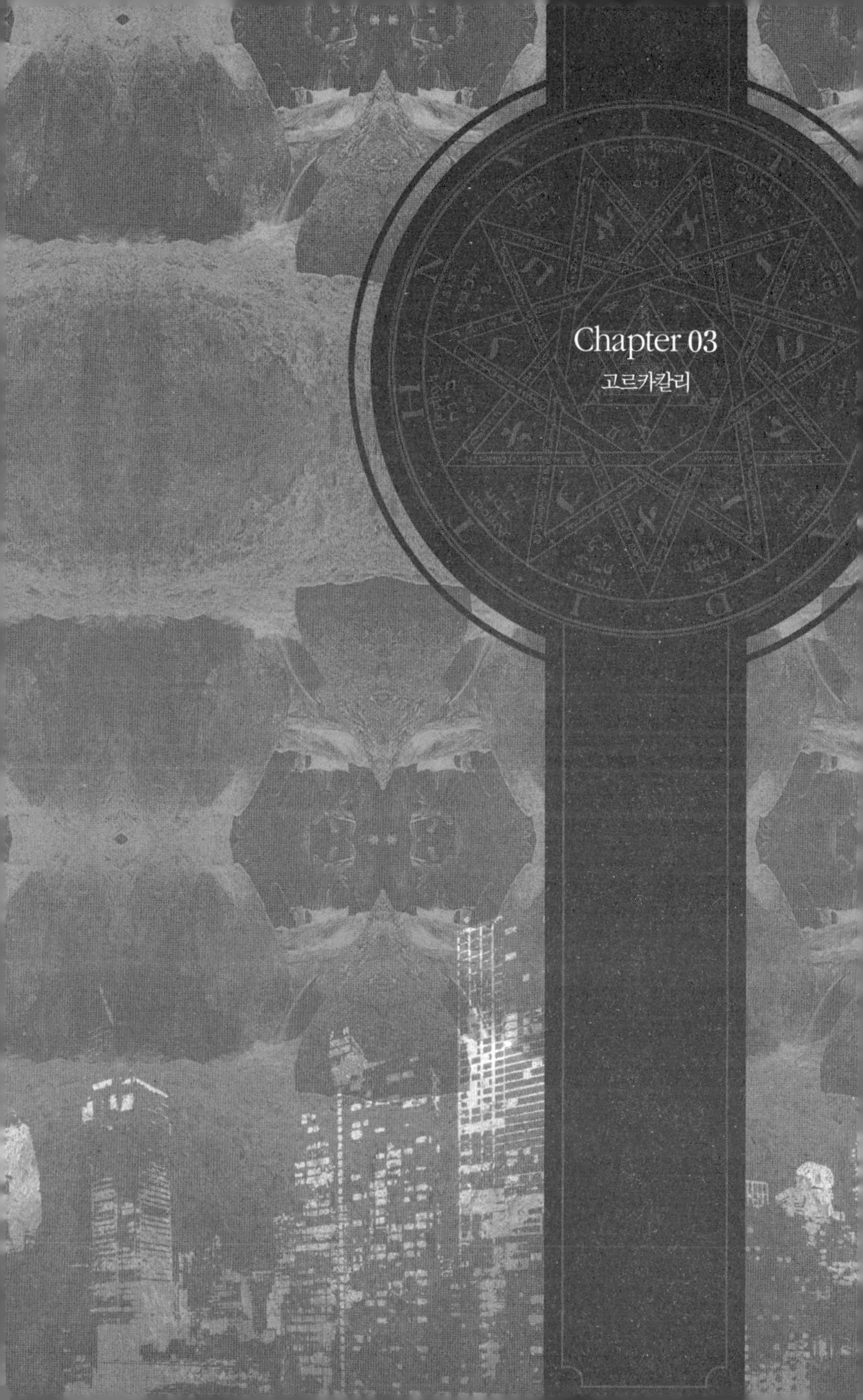
Chapter 03
고르카칼리

　　인도의 습하면서도 텁텁한 더위는 어차피 현중에게 아무런 영향을 끼치지 못하지만 딱 하나 신경에 거슬리는 것이 있었으니 바로 묘기와 파리였다.

　　인도는 소를 신성시하는 문화 때문에 절대로 소를 죽이지 않는 것으로 유명했다. 당연히 길거리에 소가 넘쳐나고, 실수로라도 차를 몰다가 소를 죽이기라도 하게 되면 무조건 운전자가 책임을 지는 이상한 법률도 있었다.

　　물론 살아 있는 생명이니 생명의 무게를 가지고 잣대를 가늠하는 것은 어리석은 일이겠지만 문제는 바로 소똥이었다.

　마치 대륙에 처음 현중이 모습을 드러냈을 때 작은 마을에서 보았던 것처럼 관광객이 많은 도시는 그나마 괜찮은 편이지만 이곳처럼 외곽이거나 신전이 가까운 곳에서는 소가 길거리에 소똥을 싸놓고 그냥 사라지는 경우가 허다했다.

　거기다 인도 사람들은 그게 너무나 자연스럽다. 누군가 치우는 것도 아니고 자연스럽게 그게 마르면 누군가 주워가는 것이다. 연료로 쓰기 위해서 말이다.

　상황이 이렇다 보니 자연스럽게 모기와 파리가 극성을 부리는 것은 어쩌면 당연했다.

　거기다 현재 현중은 사원이 한눈에 내려다보이는 작은 언덕 위에서도 가장 큰 나무 위에 있었다.

　이러니 1초의 시간적 여유도 없이 현중의 귓가에는 모기와 파리가 모여들 수밖에 없었다.

　물론 모기와 파리가 현중의 피부를 뚫고 뭔 짓을 한다는 것 자체가 불가능하지만 거슬리는 것은 어쩔 수 없었다.

　물론 살기를 피워 올려 쫓아 보낼 수도 있지만 현재 숨어서 기다리는 현중의 상태 때문에 살기를 일으키지도 못했다.

　처음에는 대수롭지 않게 생각했던 현중은 결국 앵앵거리는 소리에 점차 스트레스를 받았다. 미간을 살짝 찡그리면서 눈을 잠시 감고 몸 안의 모든 마나를 가라앉혔다.

　천천히, 아주 천천히 마나를 가라앉히면서 현중의 존재감도 같이 조금씩 희미해지기 시작했다.

"후……."

한숨이 현중의 입에서 뿜어져 나오는 순간 현중의 존재감은 완전히 사라져 버렸다.

앵~ 앵~ 애애앵~

갑자기 현중의 존재감이 사라지자 모기와 파리도 살아 있는 생물이라 그런지 몇 번 현중의 주위를 맴돌다가 곧 사라져 버렸다.

모기, 파리는 사람의 체취와 숨을 내쉴 때 나오는 이산화탄소에 반응하는 편이지만 문제는 현중의 존재감이 사라져서 녀석들이 찾지를 못한다는 것이다.

마치 앞에 뭐가 있는 건 아는데 보이지 않아서 찾지를 못하는 상황 말이다. 그러다 보니 몇 번 달려들긴 하지만 결국 녀석들도 포기하고 사라져 버렸다.

하지만 왠지 이런 자신의 모습에 허탈한 웃음이 나오는 것까지는 막을 수가 없었다.

"나 참, 겨우 모기와 파리 때문에 존재감을 지워야 하다니… 이걸 웃어야 하나."

세상에서 가장 하찮게 생각했던 모기와 파리 때문에 스스로 존재감을 지우는 방법까지 써야 한다는 사실에 현중은 어이없으면서도 한편으로는 생각을 하는 계기를 주었다.

상황에 따라 아무리 하찮은 모기라도 얼마든지 사람을 곤란한 지경으로 몰아넣을 수 있다는 것을 말이다.

아무튼 그렇게 존재감을 지운 후 편안하게 나무 위에서 때를 기다리던 현중의 귓가에 기다리던 소리가 들렸다.

드르르륵.

마치 맷돌을 돌리는 듯한 소리가 들리자 현중의 입가에 미소가 번졌다. 그가 슬쩍 일어서 보니 사원의 뒤쪽에서 들려왔다.

탁!

낮은 발돋움하는 소리가 들리고 현중의 모습이 나무 위에서 사라진 다음 순간, 이미 현중은 사원 꼭대기에 올라서서 내려다보는 중이었다.

"뒤쪽에 비밀 문이 있었군."

사람의 흔적이나 마법의 흔적만 찾던 현중은 돌을 힘으로 밀어서 문을 열고 나오는 녀석들의 모습에 의외로 간단한 것을 놓쳤다는 것을 깨달았다.

대륙에서는 마법이 기본이었고 이곳에서도 흑마법을 접한 현중은 자신도 모르게 녀석들이 마법을 사용할 것이라고 지레짐작을 해버린 것이다.

"여섯이라……."

칼리가트 사원의 뒤쪽에서 비밀 문을 통해 밖으로 나온 녀석들은 모두 여섯이었다. 모두가 검은 터번을 두르고 있고 검은색의 옷을 입고 있는 게 특징이라면 특징이었지만 그보다 그들의 움직임이 현중의 시선을 끌었다.

"자루와 밧줄이라……."

손에 무기 같은 것은 전혀 없었고 각자 자루와 밧줄을 하나씩 쥐고 있었다. 그들이 어디론가 급히 움직이자 현중은 그대로 뒤따르기로 했다.

타타타탁.

단 한 마디의 말도 없이 움직이던 여섯 명은 사람들의 시선이 잘 닿지 않는 골목이나 구석진 곳으로만 움직였다. 마치 대낮에 뛰어다니는 것처럼 너무나 자연스러웠다.

그리고 그렇게 움직이던 그들이 멈춘 곳은 허름한 4층 건물 앞이었다.

나무로 만들어진 팻말이 호텔이라고 인도어로 쓰여 있지만 아무리 봐도 호텔이라고 봐주기에는 무리가 있는 건물이었다.

다 낡아서 페인트는 벗겨지고 창문 하나는 깨져서 나무로 대신 덧대어 있었다.

현중은 순간 자신이 잘못 읽었나 싶어서 다시 한 번 확인했지만 역시나 호텔이라고 쓰인 팻말은 확실했다.

똑똑, 똑, 똑똑똑.

가장 선두에 있던 녀석 하나가 호텔 문 앞에 특이한 리듬으로 문을 두드리자,

똑똑똑.

마치 응답을 하듯 호텔 안에서 소리가 들렸다.

그리고 거친 소리를 내면서 호텔 문이 열렸다.

끼이이이익!

수염을 멋들어지게 기른 중년의 남자였는데, 문 앞에 있는 녀석들과 같은 검은색의 터번을 쓰고 있었다.

"……?"

현중은 왠지 뭔가가 있을 것 같다는 생각에 잠시 더 지켜보기로 하고 일부러 높은 곳으로 자리를 옮겼다.

아무래도 높은 곳이 시야가 넓어지니 혹시나 예상치 못한 변수가 있다면 그것도 쉽게 알아차릴 수 있기 때문이다.

끄덕.

호텔의 관계자로 보이는 남자가 여섯을 향해 고개를 끄덕이자 약속이라도 한 듯 여섯 명 전원이 호텔 안으로 들어갔다.

그리고 대략 5분 정도 지났을까? 다시 여섯이 호텔에서 나왔는데, 들어갈 때와 달리 각자 자루에 무엇을 담았는지 어깨에 짊어지고 있고 손에 들고 있던 밧줄은 사라지고 없었다.

한눈에 봐도 자루에는 사람을 넣었다는 것이 표시가 났지

만 기절을 시켰는지 아니면 죽었는지 움직임이 없었다.

"재미있게 흘러가는군."

현중은 왠지 이 녀석들을 따라가면 그동안 찾아다니던 것을 찾게 될지도 모른다는 생각을 하면서 입가에 미소를 띠었다.

"테른."

─네, 마스터.

"같이 움직인다. 지금부터 저들을 놓치지 말고."

─알겠습니다.

현중의 말이 떨어지자 테른의 모습이 흐릿해지더니 어둠 속으로 녹아들었고, 현중은 존재감을 지운 채 그대로 녀석들의 빠른 걸음을 뒤따라 움직였다.

바로 뒤에서 현중이 따라가고 있지만 존재감을 완전히 지워 버린 현중을 이들이 알아차릴 방법은 없었다.

현중은 당연히 녀석들이 다시 칼리가트 사원으로 돌아갈 것으로 예상했는데 의외로 녀석들은 중간에 방향을 정반대로 틀었다

'응? 칼리가트 사원으로 가는 게 아닌가?'

이곳에서 가까운 사원은 칼리가트 사원이 유일했고, 당연히 자신들이 나왔던 사원으로 돌아갈 것으로 생각했는데 완전 반대로 움직이니 의문이 든 것이다.

그런데 녀석들의 다른 행동은 이게 전부가 아니었다.

'저 지프차는?

녀석들이 어둠 속에 부지런히 발걸음을 옮겨서 멈춘 곳은 현중도 익히 알고 있는 지프차였다. 바로 제이니가 타고 왔던 지프차였던 것이다.

딸각.

마치 자신의 차인 것처럼 가장 선두에 녀석이 지프차의 문을 열자 누가 시키지도 않았는데 한 녀석이 뒤쪽 문을 열었고,

덜컹!

자신이 짊어지고 있던 자루를 마치 쌀자루를 집어 던지듯 지프차 뒤에 던져 넣었다.

덜컹덜컹!

한 녀석이 뒤에 자루를 던져 넣자 다른 녀석들도 모두 똑같이 했고, 자루 여섯 개의 무게 때문인지 지프차는 심하게 흔들거렸다. 하지만 사륜구동에 비포장도로를 전용으로 달리는 지프차답게 크게 차에 손상은 가 보이지 않았다.

아마 승용차라면 뒤쪽이 심하게 가라앉았을 것이다.

탁!

자루를 모두 뒤에 실은 뒤 자연스럽게 뒤쪽 문을 닫고 각자 지프차에 올라타 버린 녀석들은 곧장 시동을 걸고 출발했다.

부르릉!

드르르륵!

흙과 자갈을 거칠게 튕기면서 어둠 속으로 빠르게 사라졌
다.

"뭐지?"

현중은 잠시 그들이 하는 모습을 지켜보다가,

"테른."

—네, 마스터.

"쫓아라."

현중이 명령하자 테른의 몸이 바닥으로 가라앉더니 곧 검
은 줄기 같은 것이 땅바닥을 타고 빠르게 쏘아져 나갔다.

그리고 지프차가 어둠 속으로 완전히 사라지기 직전에 검
은 줄기는 지프차의 그림자 속으로 사라졌다.

테른이 따라갔으니 현중이 급하게 서두를 것은 없었다.

잠시 주변을 살펴보다가 곧 방향이 조금 이상한 것을 알아
차린 현중이다.

"네팔이라……."

지형에 대해서 자세히는 모르는 현중이지만 대충 방향을
보면 정확하게 네팔을 향해서 가는 것만은 확실해 보였다. 뜻
밖에도 네팔로 움직이는 녀석들의 움직임에 현중은 잠시 생
각하다가 곧 고개를 들었다.

"어차피 생각대로 흘러가라는 법은 없으니까."

애초에 현중은 자신의 예상대로 일이 진행되는 것은 바라지도 않았기에 오른발을 슬쩍 내밀었고, 그대로 사라져 버렸다.

인도와 네팔은 거리상 대충 5~600km 정도 떨어진 곳으로 생각보다 가까운 나라다.

아무리 힌두교를 믿는 나라이고 유일하게 힌두교를 국교로 지정한 나라이긴 하지만 인도보다는 확실히 뒤떨어지는 것은 분명했다. 물론 칼리 신전이 있을 것이다.

하지만 지금 칼리가트 사원보다는 규모나 위용 등 모든 것에서 뒤떨어질 것이 뻔한 네팔을 향해서 가는 이유가 궁금했다.

뭣보다 땅덩어리 크기부터 이미 인도와 네팔은 비교 자체가 힘들다.

이건 객관적인 정보를 가지고 있는 현중이 충분히 생각할 수 있는 추론이다.

하지만 녀석들은 네팔을 향해서 움직였고, 사람을 담은 걸로 보이는 자루를 여섯 개나 싣고서 움직였다. 누가 봐도 이상한 일이다.

호텔에서 데리고 나왔으니 거의 99% 확률로 여행객이나 관광객일 것이다. 인도의 생활수준으로 봤을 때 아무리 허름

해도 집을 놔두고 인도 사람이 호텔에서 잔다는 건 생각할 수 없기 때문이다.

그리고 여행객을 납치하면 여러 가지로 편한 면도 있었다.

실종 신고를 해도 대사관을 거쳐서 움직이기 때문에 수사를 시작하는 것도 늦고, 무엇보다 다른 선진국에 비해서 경찰의 수사가 그리 적극적이지도 못하기 때문이다.

실제로 여행객이 인도를 여행할 때 가이드 없이 여행하는 것은 미친 짓이라는 말까지 있다. 몇십 달러 아끼려다 인도에서 조용하게 사라지는 수가 있으니 무조건 인도 같은 나라를 여행할 때는 가이드를 꼭 데리고 다니라는 것이다.

한마디로 가이드가 인도를 여행하는 도중에는 여행객의 목숨을 책임져 주는 보험과 같은 것이다.

실제로 호기를 부리면서 기세등등하게 여행하던 여행객이 사라지는 사건이 일 년에도 수십 건에서 수백 건이 일어나는 곳이 바로 인도였다.

그리고 한번 사라진 사람을 다시 찾을 확률은 1%도 되지 않을 정도로 낮았고, 거의 가이드 없이 자신의 실력만 믿고 여행하던 사람들이 대부분이었다.

즉, 현재 저 녀석들이 납치한 여섯 사람은 이제 지상에서 사라져도 아무도 찾을 수 없다는 결론이다.

"사람을 납치까지 하면서 움직인다면……."

잠시 생각하던 현중의 입가에 미소가 번졌는데, 왠지 자신의 짐작대로 이루어질 가능성이 높아 보였다.

사라져도 찾지 않는 여행객을 납치했다.

시간이 지나면 자연스럽게 잊힐 것이다. 그리고 인신매매를 위해서 납치하는 경우도 있지만 녀석들의 움직임을 봤을 때 그런 것치고는 너무 비효율적이다.

굳이 납치한 사람들을 차에 싣고 수백 킬로미터나 떨어져 있는 네팔을 향해 움직인다는 것은 누가 봐도 비효율적이기 때문이다.

인신매매가 목적이면 차라리 사람들 시선이 닿지 않는 건물이나 처음에 녀석들이 나왔던 칼리가트 신전의 비밀 장소에 데려다 놓는 것이 훨씬 편하고 안전하다.

네팔까지 가다가 어떤 일이 일어날지도 모르고 차로 열 시간 이상 걸리는 거리를 움직이는 짓은 바보라도 하지 않을 것이다.

그렇다면 결론은 의외로 쉽게 나왔다.

녀석들이 아직 죽은 사람은 아니지만 거칠게 다루는 모습을 보면 살아만 있으면 되는 조건이 적용되었다. 그리고 먼 거리지만 빠르게 움직이면서도 일사불란하게 행동하는 것을 보면 한두 번 해본 솜씨가 아니었다.

살아만 있으면 되고 거리가 멀지만 그래도 자주 다닌 듯 익숙해 보이는 녀석들의 움직임. 결론은 소환 의식에 쓰일 제물밖에 없었다.

"빙고!"

현중은 그토록 찾아 헤매던 녀석들을 찾았다는 생각에 뒤따라가면서도 혹시나 어떤 연락이나 다른 행동을 취하는지 주의 깊게 살폈지만 가끔 운전자가 바뀔 뿐 차의 방향은 오로지 네팔을 향해서 달리고 또 달릴 뿐이었다.

그러다 거의 중간 지점쯤 왔을까? 지프차가 멈췄다.

끼이익!

드르르륵!

비포장도로이기에 지프차가 달리던 속도를 이기지 못하고 미끄러지면서 피어오른 흙먼지와 자갈이 굴러다니는 소리가 들렸다.

잠시 흙먼지 때문인지 몰라도 멈춰 선 지프차는 별다른 움직임이 없었다.

딸각!

흙먼지가 완전히 사라졌을 때쯤 지프차의 운전석에서 한 녀석이 내리자 동시에 문이 다 열리면서 여섯 녀석이 모두 내렸다.

내린 녀석들은 두 녀석이 지프차의 앞과 뒤로 가더니 조금 떨어진 곳까지 걸어가서는 마치 망을 보는 듯 자리를 잡았다.

나머지 넷은 각자 몸을 풀 듯 이리저리 몸을 흔들어대기 시작
했다.

그리고 차 안에서 뭔가 주섬주섬 꺼내더니 각자 손에 하나
씩 쥐어주는데 현중도 본 적이 있는 것이었다.

제이니와 함께 커리를 먹고 난 뒤 모자란 뱃속을 채워주기
위해서 먹었던 길거리 음식이었다. 동그란 것이 사보사라는
이름의 빵 같은 것이었고 세모난 모양은 도사라는 커다란 튀
긴 만두 같은 느낌의 음식이었다.

"여유있군."

여섯 명의 여행객을 납치한 녀석들 치고는 너무나 차분하
면서도 여유로워 보였다.

적어도 수십 번은 지금과 같은 납치를 했을 것이 분명했다.

솔직히 여행객을 납치하는 경우는 거의 대부분이 돈을 뜯
어내기 위한 목적으로, 몸값을 받아내야 하는 것이다. 그러기
위해서는 자신들이 납치한 사람의 생사와 혹시나 다친 곳이
있는지 알아야 했다. 그래야 협상을 할 때 유리한 고지를 선
점할 수 있고 여러 가지 변수에 대처할 수 있기 때문이다.

하지만 녀석들은 납치한 사람들의 안부는 아예 관심조차
없었다. 한번 힐끗 뒷문의 창문을 통해 쳐다보기만 할 뿐이
다.

처음에 현중이 예상한 추측을 뒷받침이라도 하듯 녀석들

은 오로지 그대로 잘 있는지만 확인했다.

탁!

먹을 것을 다 먹고 나자 잠깐 조금 떨어진 곳에서 지프차의 앞과 뒤에서 망을 보던 녀석들과 교대를 해주더니 남은 두 명이 식사를 끝내자 곧바로 차에 다시 올라타 출발했다.

그 뒤로도 뒤따라가던 현중이 살펴봤지만 가끔 멈출 때는 오로지 화장실을 갈 때뿐이었다.

그리고 현중의 시선에 인도와 조금 다른 풍경이 보이기 시작했다.

"네팔 국경을 통과했군."

실제로 녀석들이 네팔 국경을 통과한 것은 제법 오래전이지만 주위의 풍경이 그리 바뀐 것이 없으니 모르고 있다가 뭔가 인도와 느낌이 다르기에 뒤늦게 현중도 알아챈 것이다.

솔직히 굳이 현중이 지금 녀석들의 뒤를 따라 움직일 필요는 없었다.

테른이 지프차의 그림자에 숨어든 이상 그림자가 존재하는 곳은 그 어디든지 테른의 손아귀에서 벗어날 수 없으니 말이다.

거기다 테른의 연락 한 번이면 순식간에 현중이 나타날 수도 있다.

하지만 이렇게 현중이 수고스럽게 따라가는 것은 오직 한

가지 이유였다. 뜻밖의 움직임을 보인 녀석들의 행동에 호기심이 생긴 것이다. 그리고 자신의 호기심은 스스로 직접 확인해야 되는 성격을 가진 현중은 일부러 지프차와 같은 속도로 천천히 따라가면서 자신의 추측을 확인하고 있는 중이었다.

솔직히 현재 이 녀석들을 따라가는 것보다 중요한 일이 없는 것도 한 가지 이유이긴 했다.

그렇게 현중이 뒤따라가던 지프차가 또다시 멈췄다.

이번에는 셋이 지프차에서 내리더니 사람들의 시선이 잘 닿지 않는 곳으로 가는 것이다.

"똥 싸는군."

주변의 눈치를 살피는 것도 그렇고 인도가 아닌 네팔이라는 것 때문인지 심하게 주변을 경계하는 눈치다. 거기다 남자가 길바닥에 쭈그려 앉으면서 눈치를 살핀다면 거의 열에 아홉은 똥 싸는 게 대부분이니 말이다.

그들도 인간이니 열 시간이 넘게 차를 타고 오는 강행군이니 어쩌면 당연한 결과였다.

잠깐씩 소변을 볼 때와 달리 제법 오랜 시간 정차해 있는 지프차를 멀뚱히 바라보던 현중은 네팔이라는 사실에 순간 한 사람이 생각났다.

"백호연을 불러, 말아?"

티베트에서 죽어라고 백련교 잔당을 찾아다니던 백호연이

생각난 것이다. 분명히 이 녀석들이 백련교와 연관이 있을 것
이라고 확신한 현중은 백호연을 부를까 생각하다가 곧 고개
를 흔들어 버렸다.

굳이 일부러 돌발행동을 할 가능성이 있는 백호연을 부를
필요가 없기 때문이다. 거기다 마족이라도 모습을 드러낸다
면 백호연은 오히려 짐이 될 가능성이 높았다. 아니, 확실하
게 짐이었다.

마스터라고 해도 마족 앞에서는 일반 사람보다 조금 더 빠
르고 조금 더 반항하는 인간에 불과하니 짐 덩어리가 확실했
다.

그렇게 잠시 잡생각을 하다가 지워 버린 현중은 지프차의
뒷좌석에 시선을 가져갔다가,

"아차!"

처음에 녀석들의 예상을 벗어난 움직임 때문에 진작에 확
인해야 할 것을 확인하지 않았다는 생각이 들었다.

그건 바로 납치된 사람들이 이동하는 동안 어떠한 변화가
있는지에 대한 확인 여부였다.

그리고 어떤 상태로 납치가 되었는지도 전혀 확인하지 않
고 있었던 것이다.

"나도… 건망증인 건가?"

스스로에게 잠시 잔소리를 하면서 걸음을 옮겨 녀석들의

바로 옆을 태연하게 지나친 현중은 창문을 통해 녀석들과 같
이 자루를 확인했다.

'살아 있군.'

마나의 파동이 규칙적으로 흔들리고; 미약하지만 선명한
마나의 느낌을 볼 때 살아 있는 건 확실했다. 하지만 벌써 열
시간에 넘게 지프차 뒤에서 꼼짝도 하지 않고 있는 것을 보면
자는 걸 납치했다기보다는 특별한 방법으로 기절시킨 걸로
보였다.

'확인 끝.'

현중은 외상이나 특별한 이상이 보이지 않는 것을 확인했
고, 무엇보다 확실하게 살아 있는 것을 눈으로 봤으니 다시
지프차에서 조금 떨어져서 본래 있던 곳에 자리를 잡았다.

시간을 맞추기라도 한 듯 현중이 본래의 자리로 돌아오자
똥 싸러 갔던 녀석들이 돌아왔고, 지체없이 지프차는 다시 출
발했다.

도대체 어디까지 가려는지 모르지만 네팔을 들어와서도
한참 동안이나 지프차를 몰았고, 이미 차에 기름을 두 번이나
채워 넣으면서 끝없이 움직이고 있었다.

"테른에게 시키고 기다릴 걸 그랬나."

현중은 설마 이렇게 오랫동안 이동할 것이라고는 예상하
지 못했기에 녀석들을 따라다닌 것을 살짝 후회했지만 그렇

다고 시간낭비는 아닌 것 같다는 생각에 위안을 삼았다.

끼이익!!

무려 열두 시간을 달려서 지프차가 멈췄다.

딸각!

차문이 열리면서 여섯 명이 모두 내리더니 뒷문을 열고 각자 자루를 하나씩 짊어지기 시작했다.

그 모습을 본 현중은 웃으면서,

"드디어 도착했나 보군."

지겹도록 달리던 지프차가 멈췄으니 한편으로는 반가우면서도 한편으로는 나름 기대도 되었다.

여전히 아무 말 없이 차에서 내린 여섯은 각자 지프차 뒤에서 자루를 하나씩 어깨에 짊어진 후 그대로 산을 향해 발걸음을 옮기기 시작했다.

"이번에는 산인가."

현중은 곧바로 따라가기보다는 잠시 주변을 살펴봤다. 나름 높아 보이는 산악지대였다. 그중에서 가장 높아 보이는 산이 바로 녀석들이 들어간 산이었다.

"독종이군."

현중은 거의 한 시간가량 녀석들을 뒤따르면서 솔직히 감탄했다. 사람을 어깨에 짊어지고서도 가파른 산을 한 번도 쉬지 않고 오르는 녀석들의 체력만큼은 칭찬해 줘야 했다.

아무리 날고 긴다고 하는 산사람도 한 시간 이상을 쉬지 않고 사람을 어깨에 짊어지고 오르는 것은 불가능했다. 산이란 자기 몸 하나도 건사하기가 결코 쉽지 않다. 물론 전문적인 산사람은 40~50kg의 배낭을 메고 오르기도 한다.

하지만 그건 배낭일 때의 이야기다.

배낭은 원래의 목적이 조금이라도 편하게 사람이 등에 메고 산을 오르기 편하도록 만들어진 물건이다. 당연히 배낭 무게가 40kg이 넘을지라도 실제로 등에 메면 무게중심이 적절하게 유지되면서 실제로 몸에 느끼는 하중을 잘 분산하도록 만들어져 있다.

하지만 지금 녀석들은 두꺼운 자루에 사람을 집어넣고 대충 어깨에 짊어지기만 한 상태에서 산을 오르고 있었다.

거기다 마나를 사용하는 능력자도 아니었다.

순수하게 몸의 근육만 사용해서 어깨에 사람을 짊어지고 산을 오르고 있는 것이다.

"광신도들답군."

신의 이름으로 자신의 육체는 더 이상 자신의 것이 아니라고 말하는 사람들, 그들이 바로 광신도들이다.

특히나 살아 있는 인간을 제물로 바치는 사람들의 광기는 상상을 초월한다.

그들의 눈에는 제물로 점찍어지는 순간 더 이상 같은 인간이 아니게 되는 것이다.

제물.

그 이상도 이하도 아닌 존재로 낙인찍히고 마치 돼지나 소를 잡듯 살아 있는 제물을 바치는 게 광신도들이다.

거기다 광신도들은 육체가 자신의 것이 아니기에 자신의 몸을 돌보기 위해서 조심스럽게 행동하는 것이 없었다.

어차피 신이 가져갈 육체이니 신의 명령에 따르다 죽으면 오히려 그게 영광이라고 생각하는 녀석들이다. 그렇기에 지금 현중이 보는 상황을 만들어내고 있기도 했다.

"두 시간… 째군."

산을 오른 지 두 시간이 넘었지만 여전히 녀석들은 계속 산을 오르고 있었고, 힘이 드는지 입에서 단내가 진동했다. 그뿐인가? 온몸에서는 땀이 비 오듯 흘러내리고 있었다.

하지만 여섯 명 중 그 누구도 힘들다거나 쉬어가자는 말을 하는 녀석이 없었다.

이 정도면 독종도 보통 독종이 아니었다. 열두 시간 동안 차를 타고 와서 곧바로 두 시간 넘도록 산행하는 것은 아무리 체력이 좋아도 벌써 혼수상태로 병원에 실려 가도 몇 번은 실려 갔을 상황이었으니 말이다.

하지만 그런 산행도 영원하지는 않았다.

"저곳인가."

처음으로 녀석들이 걸음을 멈춘 곳에서 그리 멀지 않은 지점에 보이는 건물 하나가 현중의 시선을 잡았다.

가파른 절벽 끝에 지어진 건물로 어떻게 보면 성으로 보이고 어떻게 보면 승려들이 수도하는 사원 같아 보이기도 했다.

붉은색의 벽돌로 세워진 벽면과 검은색의 지붕이 묘하게 대조를 이루는 컬러다.

거기다 절벽 위에 세워진 것이라고는 믿기지 않을 만큼 엄청난 돌을 쌓아 만든 바닥은 태풍이 불어도 끄떡없어 보였다.

거기다 특이하게 입구가 하나였다.

돌로 만들어진 계단이 입구인데, 이곳 외에는 모두 10~20미터 이상의 가파른 절벽이 입구 양쪽에 자리 잡고 있고 뒤쪽은 아예 사람도 잘 보이지 않을 만큼 높은 절벽이었다.

돌도 단단하고 매끄러운 재질로 보여 만약에 성으로 지었다면 방어하기는 정말 탁월하게 좋은 지리적 조건을 가지고 있었다.

하지만 이런 산속에 지리적 조건이 아무리 좋아도 사람이 살지 않는다면 아무 소용이 없는 것이다.

네팔 시내에서도 한참이나 떨어져 있고 산속도 이런 산속이 없는 깊은 곳에 지어진 건물치고는 너무 잘 지어진 건물인 것이 현중의 시선을 잡았다.

저벅저벅.

녀석들은 잠시 멈춰 섰지만 곧 다시 움직이기 시작했고, 돌로 만들어진 계단을 따라 천천히 이동했다. 이미 체력이 극에 달했는지 계단 하나 올라가는 데도 얼굴을 찡그렸지만, 거친 숨소리만 내쉴 뿐 불평 한마디 없었다.

끼이익.

나무로 만들어진 문을 열고 들어간 녀석들은 거침없이 걸음을 옮겼다.

물론 현중도 뒤따라가면서 주변을 살펴봤는데 밖에서 보기와 달리 건물의 안은 생각 이상으로 잘 지어져 있었다.

얼마 전까지 사람이 살고 있었는지 손때가 묻은 가구와 집기들이 보였고, 사람이 살아가기에는 아무런 문제가 없을 만큼 갖춰야 할 모든 필수품이 준비되어 있는 모습이었다.

똑, 똑똑, 똑.

여섯 중에서 가장 선두에 있던 녀석이 아무것도 없는 벽으로 다가가 두드리자,

똑똑.

대답하듯 노크 소리가 들려왔다.

그걸 본 현중은 입가에 미소를 지으면서,

'호텔에서와 같은 방식이군.'

노크 리듬과 소리의 간격이 조금 다를 뿐 방식은 완전히 똑

같았다.

똑똑, 똑똑, 똑.

다시 녀석들이 두드리자,

똑똑똑.

아주 빠르게 세 번 노크 소리가 나더니,

드르르륵.

거칠게 벽이 회전하면서 비밀 통로가 나타났다.

타타탁.

비밀 통로가 열리자 가장 뒤에 있던 녀석이 주변을 살폈다.

당연히 녀석들 바로 뒤에 현중이 서 있지만 존재감이 완전히 사라진 현중은 그들의 눈에 돌과 나무로 느껴질 뿐이라 알아채지 못했다.

'센스가 부족하군.'

현중은 벽이 회전하면서 비밀 통로가 열리는 모습을 보고는 영화에서 자주 보고 소설이나 옛날 역사에서 자주 보던 장면이 생각나서 피식 웃어버렸다.

어째 나쁜 놈들은 하나같이 비슷하게 비밀 통로를 만드는지 생각하다가도, 어떻게 보면 가장 안전하기에 그럴지도 모른다고 나름 판단을 내린 것이다.

가장 안전하고 효과가 좋으니 독창성은 없지만 오랫동안 비밀 통로가 만들어진다고도 볼 수 있으니 말이다.

그렇게 비밀 통로 속으로 들어온 현중의 코를 가장 먼저 자극한 것은,

'피 냄새?'

통로 끝이 어딘지는 모르겠지만, 희미하면서도 확실하게 사람의 피 냄새가 현중의 코를 간질였다.

그가 조용히 뒤따라갔다.

나선형으로 만들어진 듯한 계단을 따라 내려가고 또 내려가기를 반복했다. 결국 계단 끝에 다다랐을 때 밖에서 보던 건물의 높이는 이미 몇 배나 넘어선 계단의 깊이에 현중의 눈동자가 날카롭게 변했다.

'산을 파들어 가서 만든 공간이라……'

얼마나 은밀하게 진행해야 되는 일이기에 산을 파고들어 가서 공간을 만들었을까 하는 생각이 들었다. 현중은 점점 자신의 추측이 맞아들어 간다고 생각했고, 그만큼 집중력도 높아지고 있었다.

턱!

계단을 내려온 녀석들이 다시 멈춘 곳은 커다란 철문 앞이었다.

녹이 슬었지만 얼핏 봐도 두께가 상당해 보이는 철문이다.

쾅! 쾅쾅쾅! 쾅!

여기서도 역시나 노크는 아니지만 주먹으로 힘껏 철문을

리드미컬하게 두드리자,

쾅쾅! 쾅!

대답하듯 소리가 들렸다.

현중은 그때 기묘한 것을 깨달았다. 조금 전에도 이처럼 노크 소리를 안팎에서 나누었는데, 문이 열렸을 때 그 안에는 아무도 없었다.

'그럼 아까 벽에서 대답한 건 누구지?

아주 잠깐 자신이 놓친 부분을 생각하던 현중이 한눈판 사이에,

끼이이이이익! 드드르르륵!

녹이 슬어서 요란한 마찰음을 울리던 철문이 활짝 열렸다.

문이 열리자마자 현중을 향해 몰아쳐 온 것은 바로 엄청난 피비린내였다.

'장난 아니군. 수십 명, 아니, 수백 명은 되겠어.'

이 정도 진한 혈향이 피어오르려면 이곳에서 죽은 사람의 숫자는 수백 명이 넘을 것이다.

거기다 현중의 코를 자극하는 또 다른 향기가 있었으니 죽은 지 얼마 안 되는 느낌의 혈향이다.

탁!

가벼운 발놀림으로 단번에 철문이 다시 닫히기 전에 안으로 들어온 현중의 눈에 보인 것은 자신이 따라온 검은 터번의

녀석들과 똑같은 녀석들이 수십 명이 더 있는 모습이었다.

거기다 녀석들도 각자 자루를 하나씩 가지고 있었는데 살펴보지 않아도 그 속에 뭐가 들어 있는지는 충분히 짐작하고도 남았다.

'60명 정도군.'

대충 세어 봐도 60명은 되어 보였는데, 구석에서 각자 쉬고 있는 녀석들도 있고 가만히 눈을 감고 있는 녀석들도 있었다.

그런데 공통적인 것이 하나 있었으니, 모두가 단 한 마디도 하지 않는다는 것이다.

이 정도면 말을 안 하는 게 아니라 하지 못한다는 쪽으로 생각을 할 수밖에 없었다.

털썩!

현중이 쫓아온 녀석들도 각자 한쪽 구석에 자리를 잡더니 짊어지고 온 자루를 바닥에 내던졌다.

털썩, 털썩, 털썩.

하나가 던지자 기다렸다는 듯 다른 녀석들도 모두 던져서 자루를 한곳에 모았다. 그리고 조용히 앉아서 눈을 감고는 명상을 하듯 아무 말도 하지 않았다.

'테른.'

—네, 마스터.

현중은 이제는 뭔가 정보가 필요하다는 생각에 테른을 불렀다.
 '이곳이 어디지?'
 현중의 질문에 테른은 잠시 현중의 그림자 속으로 사라지
더니 조금 뒤 다시 모습을 드러냈다.
 ―고르카칼리의 신전입니다.

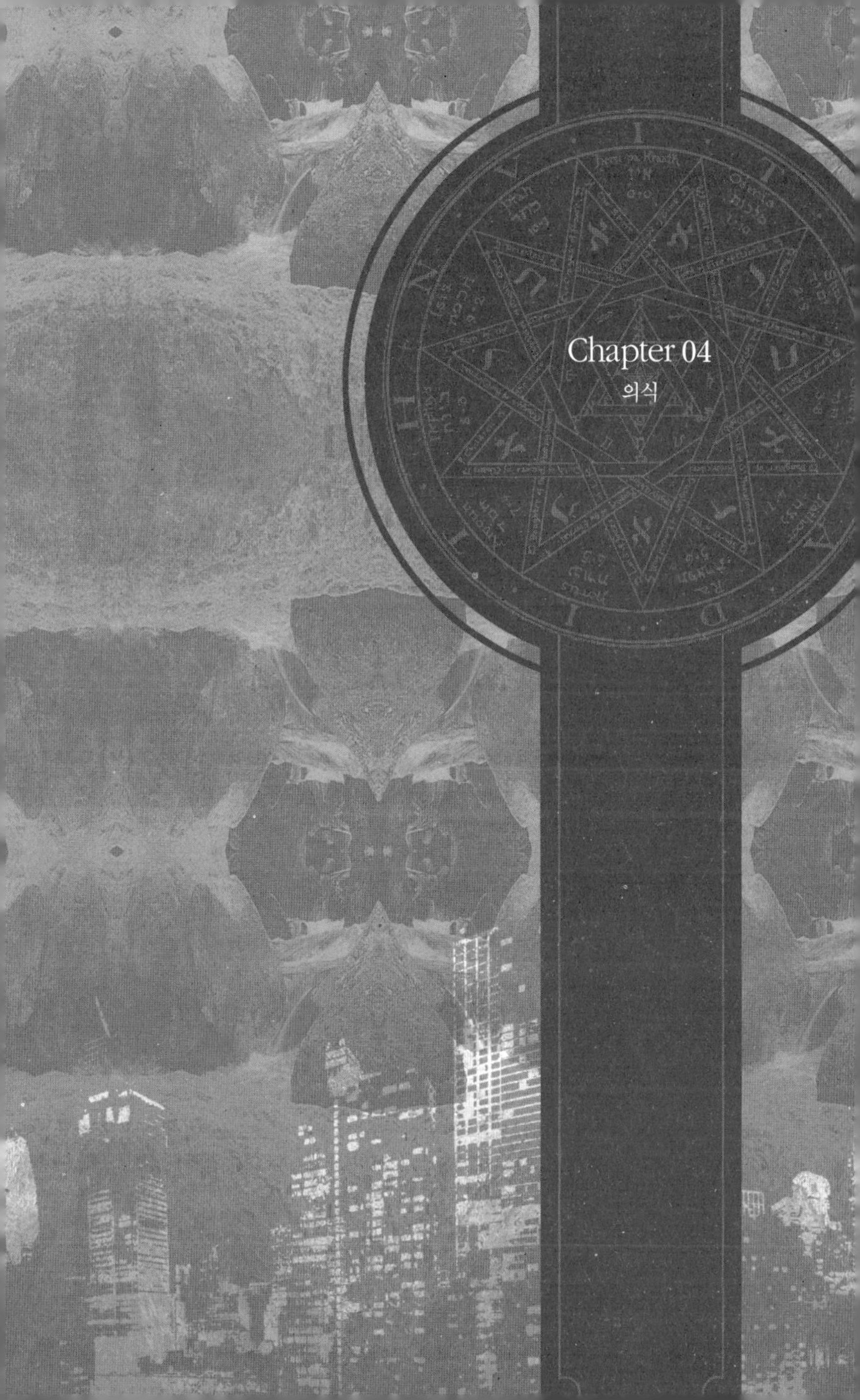

Chapter 04
의식

'고르카칼리?'

얼핏 들어도 모시는 신이 누군지 대충 짐작이 갔다.

그런데 문제는 왜 굳이 인도의 칼리가트 사원을 놔두고 이렇게 힘들고 먼 여정을 왔느냐 하는 것이다.

—네팔 고르카에는 전쟁과 권력의 여신 고르카칼리를 모시는 작은 신전이 있습니다. 그리고 그 고르카칼리 여신의 신전에는 여신이 살고 있다는 전설이 전해오는 비밀 방이 있는데 여신의 비밀 방을 침입하는 자에게는 죽음의 저주가 내린다고 신봉자들은 믿고 있습니다.

'비밀의 방?'

―네. 이곳 말로는 바유 코사라고 불리고 있습니다.

'바유 코사…….'

네팔어도 할 줄 아는 현중이지만 뭔가 해석이 잘 안 되는 단어였다. 아무래도 옛날 말이 그대로 내려오면서 굳어진 이름인 듯했다.

'여신이 살고 있다고 전해지는 방이라…….'

그리고 지금 이상한 공간에 내려온 현중은 직감적으로 자신이 있는 곳이 바유 코사일지도 모른다고 생각했다.

'자세한 정보를 말해봐.'

좀 더 자세한 것을 알아야 했다. 녀석들이 단 한 마디도 말을 하지 않으니 어쩔 수 없었다. 녀석들에게서 정보를 얻을 수 없다면 테른을 통해서라도 정보를 얻어야 하니 말이다.

―네, 그럼 말씀드리겠습니다. 고르카 왕국은 18세기에 현 네팔의 국왕 기야넨드라 왕의 선조 프리트비 샤가 정벌해 현 네팔 왕국의 발상지가 됐는데, 고르카는 이미 오래전부터 깊은 역사를 가진 작은 왕국이었습니다. 그런데 고르카를 방문한 네팔의 자나 아이스와랴 왕비는 고르카칼리의 신전에 있는 '바유 코사'라고 불리는 비밀 방이 궁금해 절대로 문을 열면 안 된다는 승려의 만류를 물리치고 방 안에 뭐가 있는지 봐야겠다며 자물쇠를 열라고 명령해 비밀 방 안으로 들어가

는 행동을 했습니다.

아마 정복지에 왕족인 자신들이 모르는 곳이 있다는 게 마음에 들지 않았을지도 몰랐다. 현중은 자신이 정복자라도 아마 비슷하게 행동했을 것으로 생각했다.

—왕비가 그곳에서 무엇을 봤는지는 알려지지 않았으나 왕비는 방에서 나온 후 다시 자물쇠로 잠그라고 명령하고 왕궁으로 돌아갔습니다. 그때만 해도 그냥 미신이려니 생각하는 사람들이 많았습니다. 하지만 자나 아이스와랴 왕비는 불과 일주일 뒤 비렌드라 왕과 세 자녀, 그리고 다른 왕족들과 함께 황태자 디펜드라가 난사한 자동소총에 살해되는 끔찍한 참사가 일어났습니다. 그 참사로 왕족의 대가 끊어져 버리는 불운을 당했습니다.

테른이 어조를 바꾸었다.

—범인은 황태자로, 왜 그가 그토록 참혹하게 부왕과 모친인 왕비, 그리고 친척들까지 살해했는지 오늘날까지도 미스터리로 남았는데 왕궁 사람들은 그가 당시 실성한 것처럼 보였다고 말한 기록이 있지만, 그렇게 생각하기에는 여러 가지 의문도 많고 엉성하게 수사를 종결한 면이 있습니다.

'왕권 찬탈로 보이는데?

현중은 냉정하게 생각해서, 누가 봐도 말도 안 되는 일이지만 전설은 전설이고 실제로 직계 왕족이 몰살하는 비극을 당한 것은 사실이었다.

그런데 흥미로운 것이 또 있었다.

테른의 다른 설명을 들어보면, 네팔의 국회의원들이 고르카칼리 신전을 방문했다가 저주 미신을 믿지 않는 국회의원 딜리 다즈 샤르마가 바유 코사를 열라고 명령했다고 한다.

과거의 일도 있기에 당연히 신전 원로가 나와 절대로 안 된다며 방문을 열면 여신이 노해 화를 입는다고 극구 말리는 것을 무시하고 무조건 자물쇠를 열라고 명령한 그는 끝내 비밀 방문을 열고 들어가 버렸다.

그리고 그 역시도 방 안에서 무엇을 봤는지 모르지만 밖으로 나온 뒤 오후까지 계속 침묵하다 갑자기 심장을 움켜쥐며 쓰러져 병원으로 후송되던 중 사망해 버렸다고 한다.

당연히 이 일은 네팔 내에서 대서특필되었다.

현지 신문 보도에 따르면 네팔 왕실과 고르카 왕국 간의 분쟁 역사는 수백 년을 거슬러 올라간다고 하는데, 수백 년 전 고르카를 정벌한 프리트비 나라얀 샤 왕은 고르카 왕국을 침공하다 고르카 왕국의 수호신인 고라크나트를 섬기는 신비한 힘을 가진 현자를 만났다.

당연히 이 현자는 노여워하며 자신의 왕국을 침공한 샤 왕에게 저주를 내렸다고 한다.

그는 샤 왕조가 10대를 넘지 못할 것이라고 말했고, 샤 왕조의 열 번째 왕 비렌드라와 자나 아이스와랴 왕비 일가는 현자의 예언이 실현될까 봐 두려워하며 여신의 저주가 서린 비밀의 방 전설이 사실인지 규명하려고 하다가 이 같은 비극을 맞이한 게 아니냐는 소문이 떠돌고 있다는 것이다.

'훗.'

현중은 고르카 왕국과 네팔 왕조의 뿌리 깊은 역사를 듣고는 그냥 웃어버렸다.

세상에 이런 역사 없는 나라가 어디 없겠는가? 당연히 하나씩은 다 있다.

하지만 현중의 흥미를 끈 것은 바로 최근에 죽은 네팔 왕조의 비극과 연달아 죽은 네팔 국회의원의 죽음이었다.

이건 전설이나 입소문이 아니라 실제로 벌어진 일이었으니 말이다.

'그럼 여기가 고르카칼리의 신전이겠군.'

현중이 가볍게 한마디 하자,

―맞습니다. 그리고 지금 마스터께서 서 계신 곳에서 10미터 위쪽이 바로 고르카칼리 여신의 비밀의 방이라 불리는 바유 코사가 위치해 있습니다.

'여기가 아니고 좀 더 위?'

현중은 자신이 서 있는 곳으로 예상했지만 아니었다.

하지만 그건 그리 중요한 게 아니라는 생각에 곧 머릿속에

서 지워 버리고는,

'테른.'

—네, 마스터.

'최대한 정보를 모아라. 봉인이 풀린 너라면 충분하겠지?'

이미 봉인이 된 상태에서도 이 정도는 아무것도 아닌 테른이었다.

씨익~

테른은 현중의 명령에 현중과 비슷한 웃음을 보이고는,

—만족스러운 결과를 가져다 드리겠습니다.

스르륵.

그 말을 끝으로 바닥으로 스며들 듯 사라져 버린 테른이었다.

테른을 보내 버린 현중은 잠시 주변을 더 살펴보는데 정면 맞은편에 커다란 제단이 보이고 그림 하나가 걸려 있는 걸 발견했다.

네 개의 팔이 달린 여신으로 인간의 해골을 목걸이로 걸고 있고, 한 손에는 커다란 시미터를 들고 다른 한 손에는 남자의 잘린 머리를 들고 있는 모습이다.

인도에서 본 칼리 여신과 거의 흡사했다.

다만 다른 게 있다면 발아래 신으로 보이는 남자를 밟고 서 있는 모습이 약간 다를 뿐이었다.

본래 영국에서 식민지화하기 전에 인도의 칼리를 믿는 신도들은 살아 있는 인간을 제물로 바쳤다고 한다.

영국이 지배하면서 그 풍습이 염소나 다른 걸로 바뀌긴 했지만 산 제물을 바치는 풍습은 여전히 남아 있었다.

워낙 인간을 먹는 것을 좋아하는 신이었기에 어쩔 수 없는 듯했다.

고르카칼리 여신의 그림을 보던 현중은,

'도대체 왜 혀를 저렇게 길게 내밀고 있는 걸까?

신은 존경과 경외를 받아야 하는 존재로 그림도 그런 모습을 담고 있는 게 대부분이지만 고르카칼리 여신의 그림이 여러 장 그려진 이곳에는 하나같이 여신이 혀를 길게 내밀고 있었다.

마치 먹어도 먹어도 인간의 피와 살이 부족하다고 말하는 것처럼 말이다.

'……!'

현중이 잠시 그림을 보고 있는 사이에 제단의 뒤쪽에서 검은 후드를 깊게 눌러쓴 남자가 걸어나오더니 제단 중앙에 섰다.

'제사장인가?

딱 봐도 뭔가 주술적으로 중요한 일을 할 것처럼 보이는 모습이다.

잠시 후, 현중은 이곳에 와서 처음으로 사람의 목소리를 들을 수 있었다.

딱딱!!

지팡이를 가볍게 들었다가 내려찍는 행동을 두 번 하자 앉아서 가만히 있던 검은 터번의 녀석들이 갑자기 일사불란하게 일어서기 시작했다.

"모여라!"

제사장의 아주 짧은 한마디였지만 말이 떨어지기가 무섭게 검은 터번 녀석들이 제사장이 서 있는 제단 앞으로 모여들었다.

"음, 제물은?"

제사장이 묻자,

다다다다다다!

순식간에 흩어진 녀석들이 각자 가지고 왔던 자루를 묶고 있던 끈을 풀고 그 안에 들어 있는 사람을 하나씩 꺼내서 어깨에 짊어지기 시작했다.

그런데 녀석들이 짊어지는 사람 중에 낯익은 모습이 현중의 눈에 보였다.

'이런, 제이니… 이민정…….'

바로 인도에서 잠깐 만났다가 헤어진 제이니와 이민정의 얼굴이 보인 것이다. 현중이 따라왔던 녀석들이 인도에서 들렸던 호텔이 바로 그녀들의 숙소라는 것을 이제서야 알게 되었다.

'인연이라는 게 참⋯⋯.'

다시는 만날 일이 없을 것만 같았던 제이니와 이민정을 설마 이곳에서 다시 볼 줄은 몰랐다.

'어떡하지. 구해주자니 여기까지 와서 그냥 돌아갈 수도 없는 노릇이고⋯⋯.'

그녀들을 구하는 것은 별로 어려운 게 아니었다. 하지만 그녀들을 구하는 순간 지금까지 기다린 모든 시간은 헛수고가 될 것이다. 그것이 현중이 지금 고민하는 이유였다.

물론 안면이 있고 이야기를 나누고 나름 친해진 사람들이기에 그냥 죽게 내버려 둘 생각은 없었다.

하지만 언제 구하느냐가 문제였다.

제사장으로 보이는 녀석까지 모습을 드러냈다면 분명히 곧 뭔가 하겠다는 것이 뻔히 보이지만 여기서 그녀들을 구해 버리면 녀석들이 바보가 아닌 다음에야 눈치챌 것이 분명하니 말이다.

'그녀들에게는 미안하지만⋯⋯.'

잠깐이지만 여러 가지 생각을 하던 현중은 결국 좀 더 기다려 보기로 했다. 결국 힘들게 찾은 이놈들에게서 정보를 얻는 것이 최우선이라는 것에 마음이 기운 것이다.

'테른.'

—네, 마스터.

현중의 부름에 테른이 다시 나타났다.

'저기 그녀들이 보이지?'

현중이 별다른 말 없이 슬쩍 가리키자,

—알겠습니다. 그런데 지금 구합니까, 아니면……?

현중의 그림자에 둥지를 틀고 있는 테른이 제이니와 이민 정을 못 알아볼 리 없다. 당연히 안면이 있는 사람까지 모른 체하는 현중의 성격이 아니기에 무슨 명령을 내릴지 알고 있지만 그 시기가 아무래도 애매하기에 테른은 물어본 것이다.

'그녀들의 목숨이 위험하면 지체없이 빼내라.'

—그 말씀은……. 알겠습니다.

뭔가 반문을 하려던 테른은 현중의 눈동자를 보고는 말없이 고개를 끄덕였다.

테른도 어찌 모르겠는가. 하지만 여기까지 와서 또다시 아무런 소득도 없이 돌아갈 수는 없다. 어떻게든지 알아내야만 했다. 아주 작은 정보라도 말이다.

최소한 카일라제가 강림하는 조건이나 어떤 시기가 있는지도 알아내야만 했다.

그래야 맞장을 떠도 뜰 수 있기에 현중에게는 그 무엇보다 절실했다.

"음."

제사장은 각자 납치한 사람들을 어깨에 짊어지고 다시 모인 녀석들을 잠시 바라보았다. 곧 발걸음을 옮겨 가장 왼쪽 녀석이 짊어지고 있는 사람의 얼굴을 확인하기 시작했다.

얼굴을 만지고, 눈동자를 까뒤집어 보고, 볼을 꼬집어보기까지 하면서 뭔가를 찾는 듯 세세하게 살펴보더니,

"버려!"

약간 화가 난 듯 한마디 하고는 뒤도 돌아보지 않고 옆에 있는 녀석에게 걸어갔다.

그런데 버리라는 명령을 받은 녀석이 자신의 어깨에 짊어지고 있던 사람을 바닥에 내던지는 게 아닌가.

털썩!!

제법 강하게 내던졌는데도 미동조차 없는 것을 보면 도대체 얼마나 독한 약을 먹었는지 지켜보는 현중으로서는 짐작도 가지 않았다. 하지만 그건 시작에 불과했으니,

스르렁!

녀석은 허리에서 시미터를 뽑아 들더니 자신이 던진 사람에게 다가가 머리카락을 잡고 들어 올렸다.

그리고,

서걱!

일말의 망설임도 없이 그대로 목을 잘라 버리더니 손에 들

고 있던 머리를 구석으로 던졌다. 그리고 다시 원래 서 있던 곳으로 돌아와 무표정한 얼굴로 돌아갔다.

제사장도 그 녀석의 행동에 별다른 말이 없었다.

하지만 현중은 망설임도 없이 죽여 버리는 모습에 잠시 혼란이 왔다.

지금 자세히 보니 녀석들이 납치한 사람의 종류가 너무나 다양한 것이다.

자루 속에 있어 몰랐는데 소환 의식에 사용되는 제물과는 맞지 않는 사람도 제법 있었다. 앳된 어린애부터 늙은 할아버지까지 남녀노소를 불문하고 흑인과 백인에 동양인까지 모든 인종을 모아놓은 듯 다양했다.

'뭔가 이상한데?'

소환 의식을 할 것으로 예상했는데 막상 뚜껑을 열어보니 그게 아닌 듯했다. 거기다 힘들게 납치한 제물을 제사장의 한마디에 지체없이 목을 잘라 버리는 모습까지, 뭔가 생각 밖으로 이상하게 흘러가는 것이다.

하지만 그렇다고 지금에 와서 자신의 존재를 드러내서 깽판 놓을 수도 없기에 고개를 갸웃거리면서도 우선 기다려 보기로 했다.

"버려."

그 후로도 제사장은 계속 버리라는 말을 했고, 벌써 열 명이나 목이 잘린 채 허무하게 죽어갔다.

'이건 아닌데······.'

현중도 이쯤 되니 소환 의식은 아니라는 생각이 강하게 들기 시작했다. 그리고 더 이상 소환 의식이 아니는 판단에 확신이 들 때쯤,

"남겨라."

처음으로 '버려'가 아닌 남기라는 말이 들렸다.

그 대상이 된 어린 소년은 목이 잘리는 대신 제단 바로 앞에 암전하게 눕혀졌다.

만약에 이번까지 버리라는 말이 나왔다면 현중은 심각하게 고민했을 것이다. 벌써 20명이 넘게 죽어버렸고, 이대로 가다가는 제이니와 이민정도 죽을 확률이 높았기 때문이다.

그런데 마치 기다렸다는 듯 살아남은 사람이 생겼고, 따라서 다시 한 번 기다려 보기로 했다.

"남겨라."

그 후로도 남기라는 말이 자주 들렸고, 목이 잘리는 사람 반, 남겨진 사람 반 정도로 확률이 반반씩 나눠지기 시작했다.

제사장이 꼼꼼하게 살펴봐서 한 명 한 명 보는 데 시간이 오래 걸렸지만 결국 제이니의 앞까지 제사장이 도착했다.

"······."

현중은 제이니의 운을 믿고 우선 기다리기로 했다.

만약에 버리라고 말한다면 테른은 지체없이 제이니와 이민정을 데리고 이동할 것이다.

그리고 기회를 놓치지 않고 재빠르게 움직여 제사장을 제외한 검은 터번을 쓴 녀석들을 모두 죽일 것이다.

"흠……."

다른 녀석들을 볼 때와 달리 제사장은 제이니를 보면서 잠깐 고민하는 듯했다.

쫘악!

자연스럽게 현중은 주먹을 강하게 쥐면서 제사장의 입에 신경을 집중했다.

"음, 남겨라."

"……."

제이니를 보며 한참이나 고민하던 제사장은 결국 남기라는 말을 했고, 천만다행으로 현중이 움직여야 하는 불상사는 일어나지 않았다.

그리고 이민정도 다른 사람들과 같이 살펴보더니,

"남겨라."

라는 말을 간단하게 남기고는 납치해 온 모든 사람의 검사를 끝냈다.

'열 명이군. 살아남은 사람이.'

50명이 넘는 사람이 납치되어 왔는데 어떤 기준에서 어떻게 분류를 했는지 모르지만 살아남은 사람은 열 명에 불과했다.

그리고 그 안에는 제이니와 이민정도 포함되어 있었다.

저벅저벅.

제사장은 사람을 고르는 일은 이제 시작이었는지 곧바로 몸을 돌리면서,

"적당히 치워라."

한마디 하자 검은 터번의 녀석들은 고개만 끄덕이고는 목이 잘린 시체 중에 치우지 못한 시체와 바닥의 홈을 따라 흐르고 있는 피를 대충 치우기 시작했다.

질질질.

목이 잘린 시체는 발목을 잡고 마치 쓰레기 자루를 잡아끌 듯 바닥을 끌면서 옮겨서는 머리를 던져 놓은 구석에 휙 던져졌다.

한 명이 구석에 시체를 던지자 뒤따라 다른 녀석들도 시체 하나씩을 잡아끌고 오더니 집어 던지고는 바닥의 피를 치우는 데 열중했다.

그 일련의 행동 중에서도 그들의 얼굴은 아무렇지 않게 무표정했다.

'……'

현중은 녀석들의 행동과 표정, 그리고 눈동자까지 살펴봤지만 무표정하기에 별수 없이 천심통으로 검은 터번 녀석들의 생각을 읽어보고는 쓴웃음을 지을 수밖에 없었다.

애초부터 녀석들은 자신들이 잡아온 사람을 인간으로 보고 있지 않았다. 오히려 자신이 모시는 신의 제물이 되어 신의 곁으로 가는 것을 부러워하면서 질투를 하고 있는 것이다.

왜 자신이 제물로 선택되지 못했는지 자책하는 녀석도 있었다.

이 정도면 광신도라는 말로는 표현이 부족한 녀석들이다. 마치 신을 위해 죽고 싶어서 안달 난 녀석들뿐이다.

어차피 이곳에 있는 녀석들을 살려둘 생각은 없었지만 세상에서 인간에게 가장 무서운 동물은 바로 인간이라는 말을 실감할 수 있는 상황이다.

끼이익!

제단 뒤로 잠시 사라졌던 제사장이 다시 모습을 드러냈다. 그런데 제사장 혼자가 아닌, 특이한 것을 가지고 제단 위로 올라오고 있는 모습이 현중의 눈에 보였다.

'관?

관 뚜껑에 커다란 십자가가 박혀 있고 육각형 모양의 유럽이나 북미 쪽에서 자주 볼 수 있는 관이다.

외관도 고급스러운 마감에 상체 부분이 따로 열릴 수 있도

록 만들어진 관으로 관 주위에 황금으로 무늬까지 넣은 것을
보니 제법 돈 좀 있는 집안의 사람의 관으로 보였다.

　그런데 그런 생각에 집중하기도 전에 현중의 눈에 낯익은
사람이 보였으니 바로 피터 할로워가 제사장이 가지고 올라
오는 관 바로 뒤를 따라 제단에 올라서고 있는 것이 아닌가?

　'저자가 왜 이곳에 있는 거지?

　피터 할로워는 바로 조금 전 데이비드의 생일에서 본 영국
의 귀족이다. 그리고 바로 라이슨의 부모이기도 했다. 라이슨
의 본명은 라이슨 할로워였고, 피터 할로워는 바로 라이슨의
아비였던 것이다.

　라이슨의 갑작스런 사고에 어수선했기에 피터가 그 후에
어디로 갔는지 현중도 미처 신경 쓰지 못하고 있었는데 뜻밖
에도 이곳에서 보게 된 것이다.

　그리고 현중은 자연스럽게 제사장이 가지고 들어오는 관
에 시선이 집중되었다.

　'설마……'

　현중은 설마 하는 생각을 했다.

　하지만 관 뚜껑이 닫혀 있는 상태라 현재는 현중이 짐작하
는 대로 라이슨이 관 속에 있는지는 확인할 길이 없었다.

　"준비는?"

　제사장이 피터를 보면서 명령조로 말했다. 그런데 그런 제

사장의 말에 피터 할로워는 고개를 숙이면서,

"지시하신 대로 만들었습니다."

라고 말하더니 뒤를 보면서 눈짓하자 검은 양복을 입은 녀석들이 낑낑거리면서 무언가 끌고 들어왔왔다.

'…황금… 욕조? 아니, 황금으로 만든 관인가?'

모양이 약간 유선형으로 만들어진 길쭉한 그릇 형태의 욕조 같기도 하고, 어떻게 보면 관 같기도 한 요상한 것을 낑낑거리면서 제단 위로 올리고 있는 것이다.

황금 비율이 높은 건지 커다란 덩치의 검은 양복 녀석 열 명이 달라붙어서 용을 쓰는데도 그리 높지 않는 제단 위로 올리는 데 한참이나 걸렸다.

쿵!

공간이 울릴 만큼 커다란 소리를 한 번 울리면서 황금 욕조가 제단 위에 놓이자 제사장은 날카로운 눈빛으로 살펴보기 시작했다.

손으로 만져 보고 입으로 깨물어보고 혀로 핥아보기도 했다.

통, 통.

자신의 지팡이로 욕조를 두드려 보기까지 하더니 제법 만족스러운 듯 피터를 보면서,

"제법 잘 만들었군."

“감사합니다.”

제사장의 간단한 칭찬 한마디에도 몸 둘 바 몰라 하는 피터 할로워의 모습에 현중은 코웃음을 치면서 과연 저자가 여왕의 일을 사사건건 반대하고 나서는 귀족파의 수장이 맞는지 의심스럽기까지 했다.

역사적으로 영국은 여왕의 실권이 강했다.

하지만 그렇다고 귀족들의 힘이 약한 것도 아니었다. 한쪽이 너무 강하면 결국은 부러지는 법이다.

그걸 여왕도 알고 있었기에 여왕을 싫어하는 귀족들과도 적당한 선에서 타협을 보면서 지금까지 영국을 이끌어왔다.

하지만 엘리자베스 여왕 1세가 즉위하면서부터 사사건건 여왕이 하는 일마다 불평에 반대를 하는 가문이 있었으니 바로 귀족파의 수장인 할로워 가문이다.

할로워 가문은 그 역사도 영국의 역사와 함께할 만큼 오래되었고 위세 또한 결코 약하지 않았다.

엘리자베스 여왕도 그걸 알고 있기에 적대해서 영국의 힘을 약하게 만들기보다 끌어안아서 영국의 힘을 키우기로 한 것이다.

하지만 여왕의 세대가 거듭될수록 절묘하게 균형을 이루고 있지만 불안한 것은 어쩔 수 없었다.

그리고 그만큼 할로워 가문의 입김이 세어지는 것도 당연했다.

현재에 이르러 현 여왕의 가장 큰 골칫거리가 바로 할로워 가문과 함께 눈에 불을 켜고 기회만 노리고 있는 귀족파인 것이다.

상황이 이렇다 보니 여왕이 마스터에 집착하는 것도 어떻게 보면 당연해 보였다.

무력의 상징이자 국민의 지지를 한 번에 끌어올 수 있는 국가 공인 마스터를 왕족이 보유하는 것만큼 귀족파를 확실하게 누를 수 있는 방법이 없기 때문이다.

그런데 그런 할로워 가문의 주인인 피터 할로워가 이곳 네팔에서도 산골짜기에 속하는 이곳에 나타난 것이다.

거기다 제사장과 너무나 익숙한 주종 관계의 모습으로 말이다.

"시작한다. 준비."

제사장이 별다른 설명도 없이 한마디 하자 피터는 뒤로 물러났고, 제사장은 제단 위에 놓인 관 앞으로 다가갔다.

끼이익.

그리고 드디어 관 뚜껑이 열리고, 관 안에 들어 있는 시체의 얼굴을 확인한 현중은 탄식 섞인 한숨을 내뱉었다.

'라이슨… 할로워……. 젠장, 도대체 무슨 일을 꾸미려는 거지? 설마 라이슨의 몸에 마족을 집어넣으려는 건가?

현중은 죽은 라이슨의 몸에 마족을 소환해 집어넣는 것을 생각했지만 그러기에는 효용성이 너무 떨어지는 방법이기에 스스로 생각하고도 이상했다.

마족은 살아 있는 인간의 육체를 좋아했다.

당연히 영혼과 함께 살아 있는 자의 육체에서 만들어지는 생체 에너지를 그 어떤 것보다 달콤한 유혹으로 느끼는 마족들이다.

그런데 죽은 시체에 마족을 집어넣는다?

아무리 하급 마족이라도 불만에 불평은 기본이고 소환 의식 자체를 거부할 가능성이 높았다.

영혼이 없는 빈껍데기, 생체 에너지조차 사라진 인간의 시체를 좋아하는 마족은 오로지 씹어 먹기를 좋아하는 야귀뿐이었다.

'뭘 하려는 걸까.'

점점 예상할 수 없는 상황으로 흘러가는 모습에 현중이 고민하는 사이 이미 제사장은 의식을 진행하고 있었다.

질질질.

제단에 뉘어놓은 살아남은 열 명의 사람 중에 소년 하나를 제사장이 지목했다.

검은 터번의 녀석은 곧바로 소년의 머리카락을 움켜잡더

니 그대로 질질 끌고 방금 피터가 가져온 황금 욕조 앞으로 가져갔다.

그리고 다리를 잡고 번쩍 들어 올렸다.

자연스럽게 뒤집어진 소년은 양팔을 늘어뜨린 채 여전히 깨어나지 못하고 있었다.

그런데 그런 소년에게 다가간 제사장은 자신의 허리에서 단검 하나를 뽑아 들더니 지체없이 소년의 목을 그었다.

스걱!

목뼈까지 닿을 만큼 깊게 단검을 그었는지 듣기 거북한 소리가 들렸고, 곧 소년의 목에서는 피가 흘러나와 황금 욕조를 채우기 시작했다.

부르르르, 부들부들.

아무리 특수한 방법으로 기절시켜 놓았다고 해도 몸에서 피가 모두 빠져나가고 있는 상황에서 인간의 근육은 본능적으로 떨 수밖에 없다.

하지만 검은 터번이 다리를 꽉 잡고 버티고 있기에 아주 미세한 떨림에 불과했고, 그것도 몇 초를 넘기지 못하고 멈춰 버렸다.

똑, 똑.

소년의 목에서 더 이상 피가 흘러나오지 않자 제사장이 슬쩍 눈짓했다.

휙!

그러자 더 이상 필요가 없어진 소년의 시체를 제단 밖으로 집어 던졌다.

그리고 소년의 바로 옆에 있던 금발의 중년 여성으로 보이는 여자의 머리칼을 움켜잡더니 소년에게 했던 것처럼 똑같이 다리를 잡고 일어섰다.

사람 몸의 피는 생각보다 많은 편이다.

하지만 황금으로 만들어진 욕조가 워낙 크고 제법 깊어서 그런지 일곱 명의 피를 뽑아내고 나서야 제사장은 겨우 멈췄다.

'……'

운이 좋은 건지 모르지만 여덟 번째가 바로 이민정의 차례였는데 딱 거기서 제사장이 더 이상 인간의 피로 황금 욕조를 채우는 것을 멈춘 것이다.

제사장은 관 속에 있는 라이슨 할로워를 피를 채워 넣은 황금 욕조 속에 집어넣었다.

찰랑~

보기에는 반 정도 차 보이는 양이었지만 라이슨의 시체가 들어가자 정확하게 라이슨의 얼굴만 살짝 나와 있는 상태로 가득 찼다.

쾅!

　제사장이 지팡이를 힘껏 제단에 내리찍자 지하라서 그런지 소리가 크게 울렸다. 그런데 그 소리를 들은 검은 터번 녀석들의 눈빛이 번들거리더니 제단 앞으로 모두 모여들었다.

　제사장의 입에서 알 수 없는 주문이 흘러나오기 시작했다.

　"옴아… 라아디라… 다리아보라… 아리이다덜… 머다로비아러… 라이버라더라… 칼리……."

　무슨 뜻인지는 알 수 없지만 누가 들어도 주문이란 건 확실했다.

　그런데 제사장의 주문이 시작되자 검은 터번의 녀석들도 하나둘씩 웅얼거리듯 제사장의 주문을 따라 했다. 순식간에 전원이 주문을 외우기 시작했다.

　지하의 창문 하나 없는 공간에서 수십 명의 남자가 똑같은 리듬에 똑같은 주문을 중얼거리게 되면 생각 이상으로 소리는 커지는 법이다.

　처음에는 일반적인 크기지만 사방이 막혀 있는 이곳의 특성상 소리가 벽에 튕기면서 더 커지고 깊어지기까지 했다.

　처음에는 그냥 귓가에 맴도는 듯한 주문이었지만 점점 커지면서 고막을 뒤흔드는 것 같은 느낌으로 변했다. 물론 현중에게는 아무런 효과가 없지만 피터와 그와 함께 온 검은 양복

녀석들은 견디기가 힘든지 주머니에서 귀마개를 꺼내 귀를
막았다.

그들은 이미 이렇게 될 것이라는 것을 알고 있는 듯했다.

찰랑~

한 10분 정도 주문이 계속되었을까? 현중의 귓가에 물방울
이 떨어지면서 파문이 퍼지는 듯한 소리가 들렸다. 아주 작고
미세해서 순간 현중도 잘못 들었나 생각했지만 그건 시작에
불과했다.

찰랑~ 찰랑~ 찰랑~

라이슨의 시체가 잠겨 있는 욕조 속의 피가 저절로 파도가
치듯 움직이기 시작한 것이다.

그것도 아주 천천히 느리게 움직였지만 시간이 갈수록 움
직임은 커지고 강해졌다.

찰랑! 찰랑!

마치 누군가 손으로 휘젓는 듯 욕조 속의 피가 용트림하기
시작했다. 마치 살아 있는 듯 라이슨의 얼굴에 닿을 때마다
입과 코를 통해 스며들기도 했다. 주문이 강해지면 강해질수
록 욕조 속의 피도 강하게 움직였고, 그럴 때마다 라이슨의
몸속으로 피도 많이 스며들었다.

그러다 갑자기,

탕!

지팡이를 강하게 내리찍은 제사장이 주문을 멈췄다.

"……"

마치 미리 알고 있기라도 한 듯 검은 터번 녀석들도 주문을 멈췄고, 심하게 요동치던 황금 요조 속의 피도 잠잠해졌다.

수십 명의 사람이 갑자기 일제히 입을 다물어 버리자 이곳에 들리는 소리는 오직 욕조 속의 피가 살짝 움직이는 소리가 전부다.

부스럭.

그리고 제사장이 또다시 품에서 무언가 꺼내더니 라이슨의 입을 거칠게 벌리고는 쑤셔 넣어버렸다.

"삼켜라."

제사장은 죽은 라이슨을 보면서 명령하듯 조용히 말했다. 당연히 시체이기에 그 명령을 들을 리가 없다.

"삼켜라. 신의 이름으로 명한다."

다시 제사장이 신을 이름을 강조해서 명령했다.

그러자 놀랍게도 라이슨의 목젖이 천천히 움직이기 시작했다.

꾸울걱.

아주 느리지만 목젖이 움직이면서 제사장이 입에 쑤셔 넣은 것을 삼켜 버린 라이슨을 지켜본 현중은 아차 하는 생각에

서둘러 테른을 불렀다.

'테른!'

—네, 마스터.

'젠장! 저건 소생 의식이다!'

이제야 지금 제사장이 한 것이 무언지 확실하게 알아챈 현중이 소리쳤지만,

—라이슨의 심장이 뛰기 시작했습니다, 마스터.

'젠장, 의식이 성공했군.'

현중은 대륙에서 알던 방법과 너무나 다른 의식의 모습에 전혀 생각지도 못하고 있다가 죽은 라이슨의 목젖이 움직이는 것을 보고는 직감적으로 깨달았다.

저건 소환 의식이 아니었다. 바로 죽은 라이슨을 다시 살리기 위한 의식이었다.

하지만 대륙이나 어디나 이미 죽은 사람을 다시 살리는 방법은 없다. 아무리 마왕에 마신의 할아버지까지 끌고 와도 그건 절대로 불가능하다.

오죽하면 대륙에서 무소불위의 능력을 발휘하는 카일라제조차 죽은 사람을 다시 살리는 것만은 고개를 저으면서 포기하겠는가.

그만큼 죽은 사람을 다시 살리는 것, 죽은 생명을 다시 살리는 것은 우주의 법칙을 정면으로 뒤집는 일이다.

하지만 지금 제사장은 죽은 라이슨의 심장을 다시 뛰게 했다. 그럼 뭔가 말이 맞지 않았다.

'데스… 나이트……. 젠장.'

현중은 이를 갈면서 라이슨을 날카롭게 바라봤다.

그렇다. 지금 제사장이 한 소생 의식은 죽은 사람을 다시 살리는 것이 아니라 죽은 사람의 몸에 죽음의 영혼을 불어넣어, 껍데기는 라이슨이지만 그의 몸은 죽음의 기사라고도 불리고 다른 말로는 데스 나이트라고 불리는 것을 만들어낸 것이다.

'테른, 제이니와 이민정을 옮겨라.'

현중이 명령하자 테른은 곧바로 제단 위에 있던 이민정과 제이니의 그림자 속에 숨어들더니 늪 속에 빨려들어 가는 것처럼 두 사람을 집어삼켜 버렸다.

테른이 이민정과 제이니를 모두 삼키자 현중은 자신의 존재감을 극대화하여 끌어올렸다.

화르르르!!

존재감을 지우면서 심연의 바닥까지 가라앉혔던 마나를 갑자기 끌어올리자 바보라도 느낄 수 있을 만큼 현중의 기척이 극명하게 드러났다.

"뭐, 뭐냐, 저놈은?!"

갑자기 아무것도 없던 공간에서 현중의 모습이 드러나자

제사장은 화들짝 놀랐다.

그가 현중을 향해 손짓했다.

검은 터번의 녀석들도 고개를 돌려 현중을 바라봤다.

너무나 갑자기 나타난 현중의 모습에 다들 쳐다보기만 할 뿐 무슨 행동을 해야 할지 갈피를 못 잡고 있는 순간,

스르륵.

현중의 오른발이 움직였고, 현중이 아주 작게 중얼거렸다.

"문곡(文曲)."

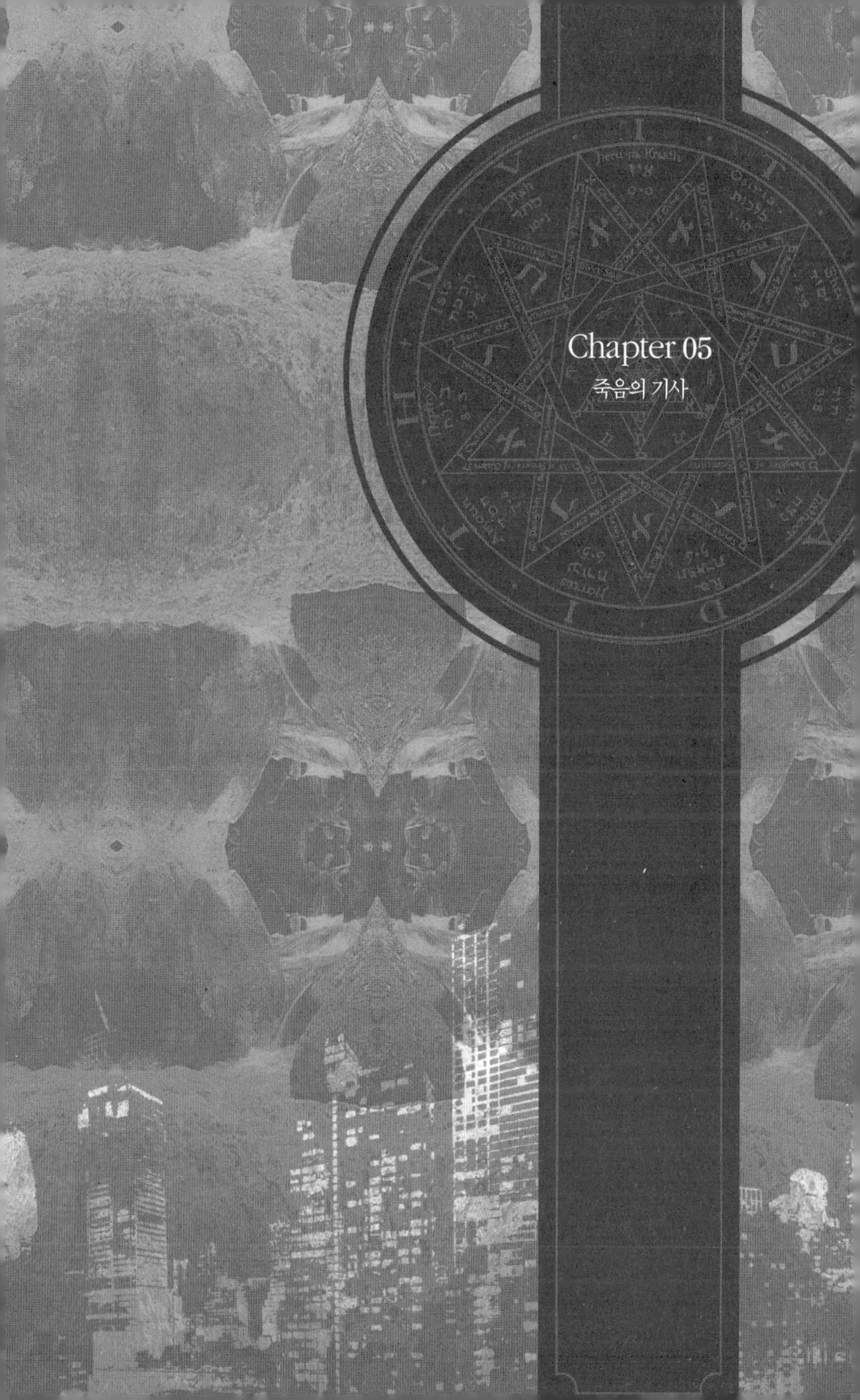
Chapter 05
죽음의 기사

휘리릭!!

현중의 몸이 바람에 녹아들 듯 사라져 버렸다. 그리고 그와 동시에 검은 터번 녀석들이 모여 있는 중앙에 현중의 모습이 나타나더니,

"탐랑(貪狼)."

작은 중얼거림과 함께 현중의 어퍼컷이 작렬했다.

퍼걱!!

현중의 어퍼컷을 맞은 녀석은 마치 로켓을 쏴 올린 듯 그대로 허공 위로 사라져 버렸고, 그 녀석을 시작으로 현중의 주

먹이 화려하게 춤을 추기 시작했다.

바람 속에 녹아들어 움직이는 듯 현중의 몸은 녀석들이 잡을 수가 없었고, 바람 사이에서 불쑥 튀어나오는 주먹을 맞는 순간 하늘 위로 사라져 버렸다.

스르륵.

단 2초였다.

현중이 이곳에 있는 검은 터번을 쓴 녀석들만 모조리 날려버린 것이 말이다. 그리고 홀연히 제단 바로 앞에 모습을 드러낸 현중을 본 제사장은,

"네, 네놈은 뭐냐!! 감히……!!"

라고 하면서 현중에게 뭐라고 큰소리치려고 했다. 그런데 그 순간 제사장의 눈에 무언가 검은 것이 하늘에서 떨어지기 시작했다.

철퍼덕.

목이 뒤틀린 채 그대로 죽어버린 검은 터번을 쓴 녀석들 중 하나였다.

그런데 그 녀석은 시작에 불과했다. 마치 하늘에서 검은 비가 내리듯 위로 사라졌던 녀석들이 떨어져 내리는데, 떨어져 내릴 때마다 부딪치는 소리에 뼈 부러지는 소리는 기본이고 머리가 터지는 소리까지 제사장의 귀에 꽂혔다.

"이게… 어떻게……"

상식적으로 말이 되지 않는 상황이다.

겨우 2초였다. 그 짧은 시간에 현중이 나타났고, 갑자기 어디선가 느껴보지 못한 바람이 불더니 부하들이 사라져 버린 것이다.

그런데 부하들은 사라진 것이 아니었다. 죽은 시체가 되어 하늘에서 떨어지는 것을 본 제사장의 얼굴이 굳어버렸다.

"누구냐… 너… 넌……."

굳은 표정의 제사장의 눈에 검은 머리카락에 검은 눈동자를 가진 현중이 차갑게 웃고 있는 게 보인다. 그리고 현중의 입이 살짝 움직이면서,

"널 죽일 사람."

단 한 마디만 남기고 휘리릭 다시 현중의 몸이 사라져 버렸다.

퍼걱! 퍼걱, 퍼걱, 퍼걱, 퍼걱!!

현중이 사라지고 난 뒤 갑자기 옆에서 들린 소리에 제사장이 고개를 돌려보니 피터 할로워와 같이 온 검은 양복의 녀석들이 벽에 머리가 터진 채 죽어 있다. 거기다 피터 할로워는 현중의 손에 목이 잡힌 채 발이 허공에 떠서 괴로워하고 있다.

"피의 대가는 무거운 법이지."

현중은 호흡 곤란으로 눈이 뒤집히기 직전의 피터 할로워

에게 한마디 하고는 구석으로 내던졌다.

쿵!

일부러 죽지 않을 만큼 던졌지만 벽에 등을 세게 부딪친 피터 할로워는 충격과 함께 호흡 곤란으로 쇼크까지 와서 그대로 입에 거품을 물면서 기절해 버렸다.

슬쩍 현중이 고개를 돌리자 제사장과 눈이 딱 마주쳤다.

씨익~

현중의 입가에 미소가 그려지자 제사장은 본능적으로 위험을 감지했는지 조금 전 목을 자를 때 쓰던 단검을 꺼내 들고 현중을 향해 위협하기 시작했다.

"누군지 모르지만 신이 두렵지 않느냐!! 감히 여기가 어디라고!!"

찰싹!!

제사장의 말이 끝나자마자 현중은 제사장 앞으로 이동해 그대로 귀싸대기를 후려쳤다.

톡톡.

얼마나 세게 쳤는지 한 방에 제사장의 어금니가 부러져 제단에 흩뿌려졌다. 그런데 한 방이 끝이 아니었다. 현중은 제사장의 멱살을 움켜잡더니,

찰싹! 찰싹! 찰싹

왕복으로 계속 귀싸대기를 후려치기 시작했다.

“제… 발… 쿨럭……”

몇 방 맞지도 않았는데 제사장의 입은 다 터져 버렸고 몸은 축 늘어져 버렸다. 하지만 현중은 멈출 줄 몰랐고, 스무 번이 넘게 귀싸대기를 후려치고 나서야 멈추더니 쥐고 있던 멱살을 풀었다.

털썩.

제사장은 그대로 주저앉더니 고개를 힘없이 떨구었다.

“헉… 헉… 헉……”

하지만 죽지는 않았다. 아니, 현중이 일부러 고통은 느낄지언정 절대로 죽게는 때리지 않았기 때문에 죽을 수도 없었다.

현중은 천천히 허리를 낮춰 겨우 앉아 있는 제사장과 눈높이를 맞추고서는,

“데스 나이트, 아니, 죽음의 기사를 만들어서 뭐하려는 거지?”

흠칫!

현중의 말을 들은 제사장은 너무나 힘들고 고통스러워하는 와중에도 몸이 흠칫거리면서 놀랐다. 그 모습을 본 현중은 씨익 웃으면서,

“거짓말해도 돼. 아니, 거짓말을 해줘. 그래야 널 더 팰 수 있으니까.”

마치 장난치는 듯하면서도 온몸의 소름이 돋는 현중의 말

투에 제사장은 천천히 고개를 들어 현중을 마주 보더니,

"……!!"

또 한 번 놀라고 말았다.

깊은 눈동자에 숨겨진 무서운 것을 본 것이다. 결코 인간이 가져서는 안 되는 것을 가진 존재. 제사장은 자신들이 믿는 신과 비교해도 결코 떨어지지 않는 공포를 느꼈다.

하지만 제사장은 자신이 죽어봐야 자신이 믿는 신 곁으로 간다는 믿음이 있기에 현중의 공포에서 의외로 쉽게 벗어날 수 있었다.

'쳇, 살기가 통하지 않는군.'

현중은 대충 예상은 했지만 이처럼 손쉽게 자신의 살기에서 벗어나는 제사장의 모습에 광신도가 얼마나 까다로운지 다시 한 번 느낄 수 있었다.

살기로 인간의 사고를 마비시키고 공포로 지배하면 인간은 그 공포로 인해 모든 것을 술술 말하는 법이다. 웬만한 강심장이라고 해도 현중의 살기를 버틸 수는 없었다.

드래곤 로드와 함께 생활하면서 배운 살기이기에 인간으로서는 결코 견딜 수 없는 것으로, 본능적으로 공포에 빠지기 때문이다.

하지만 제사장은 현중과 눈이 마주치는 순간 공포에 빠져들었다. 아니, 확실하게 빠져들었었다. 그런데 너무나 빠르고

쉽게 공포에서 벗어나 버린 것이다.

죽는 것을 하나의 기쁨으로 받아들이고, 자신이 믿는 신의 곁으로 가는 것을 하나의 축복으로 받아들이는 이런 녀석들에게 현중의 살기는 통하지 않는 게 어쩌면 당연했다.

"크크크큭, 그대가 누군지 모르지만… 결코… 성공하지 못할 것이오."

제사장은 현중의 몰아치는 듯한 공격에 정신이 없다가 겨우 제정신을 차렸는지 너털웃음을 지으면서 한마디 했고, 현중은 그런 제사장을 보고는 피식 웃었다.

"나도 알아."

"……."

화를 내거나 최소한 기분이 상할 것으로 생각했던 제사장은 너무나 쉽게 인정해 버리는 현중의 태도에 잠시 할 말을 잃었다.

"네놈이 말하는 그분이 뭐하는 놈인지도 대충 알고 있거든."

톡톡.

현중이 자신의 머리를 손가락으로 가볍게 건드리면서 말하자 제사장의 표정이 굳어지더니,

"설마… 당신이… 그… 그……."

빠각!

제사장이 놀라면서 현중을 향해서 뭐라고 하려고 했는데
순간 제사장의 목이 90도로 꺾이더니 그대로 죽어버렸다.

"……!!"

갑자기 목이 꺾여 죽어버린 제사장의 모습에 현중은 고개
도 돌리지 않은 채,

"벌써 적응했단 말이군. 그 육체에."

라는 말과 함께 천천히 일어서면서 돌아보자 피가 가득하
던 황금 욕조에 피가 한 방울도 없었다.

그리고 마치 그 모든 피를 흡수라도 한 듯 피부색과 머리카
락, 그리고 눈동자까지 시뻘건 색으로 변한 채 일어서려고 하
는 라이슨이 보였다.

[크크크큭, 오랜만이군.]

이미 현중과 안면이 있는 듯 라이슨, 아니, 데스 나이트는
쇠가 깎이는 듯한 거친 웃음소리를 내면서 바라보고 있었다.
현중은 그런 녀석을 기분 나쁜 듯 쳐다보았다.

"설마 네놈이 나올 줄은 몰랐는데 말이야."

[나도 그렇게 생각하고 있었지. 그런데 그분께서 나에게 기
회를 주시더군.]

끼이익, 쩌억!

데스 나이트가 된 라이슨이 일어서자 황금 욕조는 너무나
허무하게 무너져 내렸고, 똑바로 일어선 라이슨이 현중과 마

주한 채 섰다.

"데스 나이트… 아니면 베리얼(Beriel)이라고 불러야 하나?"

[크크큭, 뭐라도 상관없지. 이미 네놈에게 한 번 패했을 때 마왕 베리얼은 죽었으니까 말이야.]

힘이 모든 것을 지배하고 힘의 법칙이 유일한 규칙인 마계에서 마왕은 그 정점에 서 있는 존재를 의미한다. 하지만 그것도 현중에게 패하고 나서는 무의미해져 버렸다.

마왕이라는 타이틀이 사라지긴 했지만 베리얼은 마왕이었던 존재다.

정확하게 마왕급의 마족인 것이다. 하지만 아무리 격이 떨어졌다고 하지만 설마 죽음의 기사라는 형태로 다시 현중의 눈앞에 나타날 줄은 몰랐다.

"마왕이었던 너도 별수 없나 보군."

현중이 비아냥거리듯 한마디 하자 베리얼의 눈동자가 날카롭게 빛났다. 하지만 곧 흔들림 없이 조용히 가라앉으면서 평정심을 찾았다.

그 모습을 본 현중은 살짝 감탄했다. 베리얼은 무가치한 것이라는 뜻을 가진 마왕이었다. 말 그대로 한번 끓어오르면 화를 어디든지 풀어야만 했고, 그 화를 받는 상대는 마족이든 인간이든 상관없이 소멸이라는 불행을 겪어야만 했다.

그런데 더욱 큰 문제는 베리얼이 화를 잘 낸다는 것이다. 마치 화를 참다가 죽은 귀신을 붙은 것처럼 아주 조금만 자신의 성질에 거슬리는 것이 눈에 띄면 가차 없었다.

그만큼 마계에서도 소문이 자자한 녀석인데 지금 현중의 비아냥거림을 흘려 넘겼다는 것은 현중으로서도 의외의 모습이었다.

[크크큭, 그래, 넌 승자이기에 그런 말을 할 자격이 있지.]

마치 대인배인 듯 말하는 베리얼의 모습이지만 현중이 베리얼의 눈동자에 숨어 있는 광기를 모를 리가 없었다. 천성이란 그리 쉽게 변하는 게 아니니 말이다. 인간도 그런데 하물며 마족의 천성이 변한다는 것은 있을 수 없는 일이다.

"다시 한 번 보내줄까 하는데 말이야. 이곳에는 네가 필요 없거든."

현중이 베리얼을 향해 한마디 하면서 전신의 마나를 끌어올리자,

치치칙, 치칙, 치치치치칙!

현중의 몸에서 흘러나오는 마나가 라이슨의 몸에 들어가 있는 베리얼의 마기와 충돌했는지 스파크가 튀었지만 이까짓 스파크는 현중이나 베리얼에게 아무런 장애가 되지 못했다.

그런데 베리얼이 문득 한 발짝 뒤로 물러나면서,

[이런, 성미가 급한 건 여전하군. 난 너와 싸우러 온 것이

아닌데 말이야.]

"그걸 나보고 믿으라는 말인가?"

이렇게까지 난리치면서 나타난 베리얼의 싸우지 않는다는 말은 믿을 수 없었다. 그런데 베리얼은 정말인지 오히려 현중에게서 더 멀리 떨어지려는 듯 물러나더니,

[난 너에게 유익한 정보를 전해주려고 온 건데 너무하는군.]

그리고 조용히 현중에게 등까지 보이면서 뒤돌아서더니 자신이 죽인 제사장의 곁으로 갔다. 제사장의 시체를 뒤적거려 뭔가 꺼내 자신이 한번 확인하고는 현중에게 던졌다.

덥석!

현중은 반사적으로 베리얼이 던진 것을 받았는데 그것은 작은 조각상이었다. 부처의 모습을 하고 있었는데, 특이하게 눈이 세 개가 달려 있고 마치 화를 내고 있는 얼굴 표정이 조금은 이질적이었다.

부처라면 반쯤 감긴 눈에 온화한 미소가 트레이드마크로 여겨질 만큼 일반적인데 베리얼이 제사장의 품속에서 꺼낸 조각상은 화난 표정에 눈이 세 개인 데다 가부좌를 틀고 양손에 검과 창을 들고 있기까지 했다.

"뭐지?"

현중은 베리얼이 별다른 행동이 없기에 살짝 경계를 풀긴

했지만 긴장까지 늦춘 것은 아니었다.

[힌트라고 할 수 있지.]

"힌트?"

현중이 무슨 말인지 모르겠다는 표정을 하자 베리얼은 시뻘건 치아를 드러내면서 웃더니,

[자네가 그토록 찾아 헤매는 것 말이야. 카일라제가 강림하려고 하는 조건에 대한 힌트지.]

"……!!"

현중이 베리얼을 똑바로 보면서 입을 다물자,

[그리 놀랄 것 없어. 나도 그분에게 듣고 온 거니까.]

현중은 지금 베리얼이 말하는 그분이 누군지 몰랐다. 처음 마족을 발견하고 카일라제의 음모를 알았을 때, 카일라제의 사주를 받은 마족들이 지구에서 활동하여 분위기를 만든 다음 카일라제가 모습을 드러낼 것이라 판단했다.

그래서 지금껏 마족을 소환하는 녀석들을 기를 쓰고 찾아다녔다.

그런데 베리얼은 지금까지 소환된 녀석과 왠지 달랐다.

물론 현중과 악연이 있는 녀석이긴 하지만 이상하게 쿨한 면도 있고, 아무튼 많이 변해 있었다.

"그분이라면… 카일라제를 말하는 건가?"

현중이 낮은 목소리로 날카롭게 베리얼을 바라보며 묻자

베리얼은 양손을 슬쩍 벌리더니 고개를 흔들었다.

[이런, 마족 모두가 카일라제의 명령을 따른다고 생각하나? 그렇다면 자네는 마계를 너무 쉽게 생각하고 있군.]

"무슨 말이지?"

[말 그대로야. 카일라제를 따르는 마족이 있기도 하지만, 반대로 카일라제를 지독히도 싫어하는 마족도 있다는 거지.]

"흥! 웃기지도 않는군."

대륙에서 카일라제는 절대적인 힘을 가진 주신의 위치에 있다.

아무리 마계가 나눠진 곳에 있다지만 엄연히 카일라제의 권한 안에 있다. 그렇기에 지금 베리얼의 말을 허무맹랑하다고 생각한 현중이 코웃음을 치자 베리얼은 안타깝다는 듯 말했다.

[이런이런. 너무 꽉 막힌 생각을 하지 말았으면 좋겠어.]

"믿을 말을 해야 믿지. 안 그래?"

마족의 말을 믿느니 차라리 카일라제의 말을 믿는 게 백번 옳은 판단일 것이다. 거짓은 말하지 않지만 그와 동시에 진실도 말하지 않는 게 바로 마족이란 것을 누구보다 잘 알고 있는 현중에게 쉽게 통할 턱이 없었다.

[뭐, 어차피 그분께서도 자네가 쉽게 믿을 거라고는 말하지 않았지. 하지만 이것만은 알아뒀으면 좋겠어. 카일라제보

다… 높은 분이 지켜보고 계시다는 것을 말이야.]

"……."

현중은 베리얼의 말에 잠시 대답 대신 바라보기만 했다.

[그리고 나도 이제 더 이상 마왕도 아니고 마계에 살지도 않거든. 그런 내가 다른 녀석들을 위해서 움직일 필요가 없지 않겠어?]

"흥!"

현중은 끝까지 마족을 믿지 않았다. 아니, 믿을 수가 없었다.

[뭐, 믿든 안 믿든 그건 자네 판단이고, 나도 볼일이 있어서 이렇게 지구로 넘어온 거니까 말이야. 방해나 하지 말아주었으면 좋겠어.]

베리얼은 시종일관 웃으면서 현중에게 적대적인 행동을 하지는 않았지만 오히려 그게 현중에게는 부담이었다. 너무나 여유로운 베리얼의 모습이 거슬린 것이다.

"내가 방해한다면?"

꽈악!

현중이 주먹을 불끈 쥐면서 온몸의 마나를 활성화시키자,

[이런, 사이좋게 그냥 갈 수도 있는데 왜 굳이 힘들게 하려고 하는 건지… 모르겠네.]

현중이 정말로 공격하려고 마음먹었다는 것을 베리얼도

알아챘는지 말끝을 흘리면서 시종일관 웃던 얼굴 표정이 사라졌다.

"어차피 인간과 마족이 함께한다는 건 있을 수 없는 일이지 않아?"

화르륵!!

현중의 마나가 팽창해서 더 이상 몸 안에서만 활동하기가 부족했는지 밖으로 뿜어져 나오더니 주위에 기류를 흔들어놓기 시작했다.

[휘유~ 이런. 무서운데 그래? 그리고 마왕이던 나를 상대할 때보다 더 강해진 거 아냐?]

현중의 모습에 감탄하면서도 베리얼은 조용히 자세를 잡더니 온몸이 시뻘겋게 붉어지면서 붉은 기류가 뻗어 나오기 시작했다.

거기다 데스 나이트로 부활할 때 흡수한 피 때문인지 베리얼의 몸에서 뿜어져 나오는 붉은 기류에서는 피비린내도 진하게 전해졌다.

치칙!!

제법 떨어져 있는 현중과 베리얼이지만 이미 서로 마나의 기류는 부딪치고 있는 중이었고, 일반인의 눈에는 보이지 않는 마나의 스파크가 번쩍거리면서 힘겨루기를 하듯 서로 노려보기만 했다.

일반적으로 현중이 마족을 상대할 때는 거의 무적에 가까운 능력을 발휘한다. 그건 바로 현중이 가진 마나의 성질 때문인데, 현중의 마나는 신성력과 비슷한 성격을 가지고 있는 천기(天氣)였다.

그리고 마족들은 대부분 정신력이 너무나 강해서 육체를 이룬 정신체였고, 정신체를 이루는 대부분이 바로 마기(魔氣)였다.

천기와 마기는 완전 극과 극의 성질로 마기에게 천기는 천적이나 마찬가지다.

특히나 현중은 몸 자체가 하나의 단전으로 천기가 가득한 상태고, 마족은 마기로 자신의 육체를 이루는 형태였기에 서로 부딪치게 되면 100% 마기가 불리할 수밖에 없었다.

음양오행에서 수목금토화의 상관관계를 생각하면 쉽게 이해할 수 있듯 절대적으로 상하관계에 있는 것이 바로 천기와 마기다.

하지만 지금 베리얼이 부활한 데스 나이트는 좀 달랐다.

데스 나이트는 마기가 아닌 죽음의 기운, 즉 사기(死氣)로 이루어진 존재였다.

생과 사가 인간의 일생에서 가장 중요한 운명의 수레바퀴를 차지하듯 사기와 천기는 서로 완전히 다르면서도 같은 종류의 성격을 가지고 있는 것이다.

신성력과 비슷한 천기는 생(生) 성질을 가지고 있고, 사기
는 당연히 사(死)의 기운을 가지고 있기에 어떻게 보면 현중
에게 가장 까다로운 존재가 바로 데스 나이트일지도 몰랐다.

거기다 데스 나이트로 들어온 죽음의 영혼이 하필이면 현
중이 직접 처리했던 마왕인 베리얼이기에 더욱 난감했다. 서
로가 서로를 어느 정도 잘 아는 사이인 것이다.

서로 반대되면서도 인간의 운명을 좌우하는 커다란 수레
바퀴의 하나이기에 압도적으로 한쪽 기운이 강하거나 하지는
못하는 것이다.

거기다 데스 나이트는 잘 죽지도 않았다.

일반 판타지에서는 데스 나이트가 그저 그런 그냥 마족의
졸개 정도로 취급되고 있지만 그건 마기로 대충 만든 짝퉁 데
스 나이트였고, 실제로 그런 것은 데스 나이트라고 부르지도
못할 만큼 허접했다.

죽음의 영혼으로 만들어진 데스 나이트야말로 진정한 데
스 나이트로 불릴 수 있는 것이다.

하지만 죽음의 영혼은 절대로 마족들이 취급할 수 없는 것
이다.

그렇기에 현중은 처음부터 제사장이 하는 의식을 데스 나
이트를 만드는 의식이라고 생각지도 못한 것이다.

[자네도 잘 알 텐데. 죽음의 기운을 가진 나와 생명의 기운

을 가진 자네가 싸워봐야 서로 피곤할 뿐이란 것을.]

"……."

현중도 그건 잘 알고 있었다. 의외로 최악의 적을 만나게 된 것이다. 하지만 아무리 강한 데스 나이트라도 분명히 단점이나 약점은 있는 법이다. 그리고 그것을 현중은 알고 있었다. 전에 카일라제에게 직접 들은 적이 있으니 말이다.

"계약자가 누구지?"

데스 나이트는 계약자가 누구냐에 따라 그 위력과 함께 능력이 결정되는 것이 바로 단점이었다. 그리고 최대 약점은 바로 계약자가 죽으면 데스 나이트도 죽는다는 것이다.

하지만 지금 이곳에 계약자라고 생각되는 존재는 없었다. 현재 유일하게 살아남은 녀석은 바로 피터 할로워이지만 그는 의식에 전혀 참여하지 않았기에 제외였다.

그리고 실제로 의식을 실행한 제사장은 베리얼이 죽여 버렸다. 그럼 당연히 제사장도 베리얼의 계약자가 아닌 것이다.

거기다 현중은 이미 어렴풋이 베리얼의 계약자가 인간이 아닐 것이라고 생각하는 중이다.

죽음의 영혼은 절대로 인간이 다룰 수 있는 것이 아니기 때문이다.

특히나 죽음과 인간은 떼려야 뗄 수 없는 관계다. 인간은 언제나 죽게 마련이니 언젠가 죽을 운명을 가진 인간이 죽음의 영혼을 다룬다는 것은 미친 짓이다.

죽음의 영혼에 닿는 순간 바로 죽는 것이다.

[내가 왜 말해야 하지?]

베리얼은 오히려 현중에게서 승기를 잡았다고 생각되었는지 싱긋 웃으면서 너스레를 떨기 시작했다.

"그럼 나와는 적이겠군."

현중은 두 번 물어볼 생각도 없었는지 바로 몸에 힘을 집중시키더니,

"천무신갑(天武神鉀)!!"

화르르르륵!!

지구에 와서는 한 번도 사용한 적이 없는 기술을 썼다.

바로 천무신갑으로, 현중의 내부에서 폭발적으로 늘어나는 마나를 밖으로 그냥 흘려보내기보다는 효과적으로 사용하자는 생각에서 만들어진 기술이다.

물론 시작은 그랬지만 드래곤의 지식과 현중의 무식한 도전정신으로 마나를 제어해 하나의 갑옷처럼 만들어 버린 것이다.

천무신갑은 순수한 마나로 만들어져 있기에 마법이 통하지 않는다는 장점이 있었다. 즉, 천무신갑을 두른 현중에게 마법은 무용지물이었다.

거기다 최강의 방패는 최강의 무기도 되는 것처럼 천무신

갑 자체가 하나의 무기의 역할도 했다.

대륙에서도 실제로 천무신갑을 사용한 것은 서열 마족을 상대로 싸울 때뿐이고 자잘한 마족들에게는 사용할 필요도 없었다.

왜냐하면 너무 강하기 때문이다.

서열 마족도 천무신갑을 두르면 현중을 어찌하지 못하는데 그보다 아래인 하위 마족들은 스치기만 해도 소멸되었다.

때론 너무 강한 힘이기에 사용을 꺼리는 것도 있는 법이다.

[이런, 진심이군.]

베리얼도 현중이 천무신갑을 실현하자 난감한 표정이 되었다. 아무리 사기(死氣)와 천기(天氣)가 서로 비등한 관계라지만 그건 순수하게 기운의 성질이 비등하다는 것이다.

실제로 베리얼과 현중이 싸운다면 무조건 강한 쪽이 이기게 된다. 이건 불문율과도 같은 것이다. 거기다 현재 객관적으로 봐도 베리얼이 현중에 비해 약했다.

물론 소멸되거나 현중에게 허무하게 당할 만큼 약하진 않았지만 확실히 이길 수는 없었다.

강하다는 건 무조건 강한 힘만 가진다고 되는 게 아니다.

자신의 힘이 어느 정도이고 상대가 어느 정도인지 정확하게 파악하는 것이야 말로 진정한 강함의 단계라고 할 수 있는 것이다.

현재 베리얼은 방금 깨어난 상태이고 현중은 이미 처음부터 강했다. 물론 안 본 사이에 더 강해진 것 같긴 하지만 말이다.

[별수 없는 건가.]

하지만 베리얼도 알고 있었다.

어차피 한 번은 현중과 붙어야 한다는 것을 말이다. 자신은 이미 마왕도 마족도 아니고 마계에서 살지도 않는 존재가 되었지만, 과거의 악연은 어쩔 수 없는 족쇄가 되기도 했다.

거기다 그분의 명령으로 다시 지구로 현중을 만나러 가야 한다는 것을 알게 되었을 때 이미 한 번은 부딪칠 것을 예상했다. 물론 이렇게 빨리 현중을 만나게 될 줄은 베리얼도 현중도 서로 모르고 있었지만 말이다.

스스스스.

베리얼도 뭔가 결심을 했는지 붉은 기운의 색이 진해지기 시작했고, 그와 동시에 혈향도 더욱 진해졌다.

그리고 현중의 천무신갑도 완전하게 구체화되어 버렸다.

그만큼 지금 현중은 진심인 것이다. 베리얼이 지구에 나타났다는 것 자체가 이미 현중에게는 무조건 돌려보내든지 다시 소멸시키든지, 선택은 오직 두 가지뿐이기 때문이다.

으드득.

베리얼은 어깨를 꿈틀거리면서 조금이라도 현재 자신이

스며든 라이슨의 육체를 부드럽게 하려는 듯 온몸의 관절 하나하나를 움직였다.

죽은 시체의 몸에 들어가서 방금 깨어나서 그런지 관절을 조금만 무리하게 움직이면 요란한 소리가 들렸지만 어차피 자기 몸이 아니니 상관없다는 듯 베리얼은 오히려 더욱 강하게 어깨를 돌렸다.

"……."

말없이 베리얼을 바라보던 현중은 오른발을 살짝 들었다가 내디뎠다.

스윽.

현중의 오른발이 다시 땅에 닿았다고 생각되는 순간 사라진 현중.

퍽!

하지만 이미 현중은 베리얼의 정면에서 주먹을 내질렀고, 베리얼은 익히 알고 있었다는 듯 양팔을 교차하며 막았다.

하지만 지금 이 한 방으로 현중과 베리얼이 얼마나 힘에 차이가 있는지 극명하게 드러나 버렸다.

주우욱!!

단 한 방에 공격을 막은 베리얼은 뒤로 몇 미터를 미끄러졌다.

현중은 그 자리에서 그대로 조용히 주먹을 거둬들이면서

베리얼을 바라보았다.

지금의 한 방에 현중도 현재 베리얼의 상태를 알아챈 것이다.

'완벽하게 라이슨의 몸을 잠식하지 못했군.'

현중의 주먹에 느껴지는 감촉은 둔탁한 듯하면서도 물컹했다. 그 감촉은 현중의 마나와 닿자 강한 스파크를 일으키면서 소멸되었다.

익히 알고 있다 하더라도 현중의 공격은 결코 피할 수 없는 공격이다. 사라졌다가 모습을 보이고 공격하는 게 아니라, 현중은 모습을 보이는 것과 동시에 공격을 함께 하는 것이다.

즉, 일반적으로 공격을 할 때 그 어떤 사람이라도 박자가 있게 마련이다. 주먹을 뻗을 때 어깨를 움직인다든지, 발차기를 할 때 상체가 기운다든지 하는 예비 동작 말이다.

이건 인간이 이족보행을 하게 되면서 균형을 유지하려는 본능 때문에 생긴 것으로 결코 줄이려고 해도 쉽게 줄일 수 없는 동작이다.

하지만 만약 공격하려는 존재가 보이지 않는다면? 예비동작도 당연히 보이지 않을 것이다.

그건 결과적으로 당하는 사람에게는 허공에서 갑자기 주먹이나 발이 날아오는 경험을 하는 것과 마찬가지이다.

허공에서 갑자기 뭔가 날아오는데 그걸 막을 수 있는 사람이 몇이나 될까? 정신체로 이루어진 마족들도 현중의 그런 공격에 속수무책이었는데 말이다.

하지만 베리얼은 이미 한 번 경험한 적이 있었다. 물론 경험을 한 것이 대단하긴 하지만 완전히 현중의 주먹을 피할 수는 없었다.

결국 급한 대로 자신의 몸에 두른 죽음의 기운인 사기를 급히 둘러 현중의 주먹을 막은 것이다.

보기에는 팔로 막은 것처럼 보였지만 실제 현중의 주먹은 베리얼의 몸에 닿지도 않았다. 그전에 베리얼의 사기가 현중의 주먹을 막았으니 말이다.

[여전하군. 그 성격은 말이야.]

베리얼도 자신이 급하게 임시방편으로 사기를 이용해 주먹을 막았다는 것을 현중이 눈치챘음을 알았다. 하지만 별다른 방법이 없었다.

자신은 방금 깨어났고 몸을 빌린 존재에 적응하려면 최소한 하루는 필요한데 그런 시간을 현중이 기다려 줄 리가 없기 때문이다.

그나마 사기가 현중의 기운인 천기와 비등하기에 타격을 크게 입지는 않고 있었다.

"다시 한 번 보내주지."

꽈악!

현중은 자신이 유리하다는 판단이 서자 다시 몸을 움직였고, 이번에는 베리얼의 뒤에서 모습을 드러냈다.

팍!!

힘껏 뻗은 현중의 주먹은 정확하게 베리얼의 뒤통수를 노렸지만 역시나 중간에 사기가 보호막처럼 생기더니 현중의 주먹을 중간에서 막았다.

"쳇!"

마나가 몸을 보호하려는 것은 본능이다. 이건 현중의 마나도 똑같은 성질을 가지고 있기에 아쉽다는 듯 혀를 찬 현중은 그대로 밀어붙이기 시작했다.

팍팍팍!!

마치 샌드백을 놓고 권투 연습을 하듯 현중의 주먹은 가슴과 옆구리, 머리와 뒤통수 등 약점이라고 생각되는 부분은 모조리 공격했지만 그때마다 번번이 사기에 가로막혀 버렸다.

그런데 현중은 그걸 알면서도 계속 두들기고 있고 베리얼도 효과가 없다는 것을 알면서도 잠깐의 여유도 허용치 않는 현중의 공격에 우선은 막고 있지만 답답하긴 마찬가지였다.

파파파팍, 파파파파팍!!

지하의 공간에서 때 아닌 거친 호흡 소리가 들리기 시작했고, 현중은 지구에 와서 처음으로 움직이면서 호흡이 살짝 거칠어졌다. 하지만 주먹은 멈추거나 느려지기는커녕 오히려 더욱 빨라지고 있었다.

마치 멀리서 보면 네 명의 현중이 사방에서 몰아치는 것 같은 착각이 일어날 만큼 빠르게 이동하면서 파상공세를 펼치는 모습이지만 누가 봐도 완벽하게 막고 있는 사기의 영향 때문에 쓸데없는 힘을 쓰는 것처럼 보였다.

[이봐, 사기와 천기는 비등한 관계야. 아무리 그래 봐야 나에게 타격은 오지 않아.]

베리얼도 절대로 현중에게 지지 않을 것이라고 자신한 이유가 바로 이것이다.

사기와 천기는 서로 비등하기에 기운 자체로 막는다면 현중의 천무신갑이 아무리 강하고 마법이 통하지 않는 천하무적이라고 해도 소용없었다.

천무신갑 자체가 현중의 마나로 만들어진 것이니 말이다.

결국 현재 현중이 하는 모든 공격은 사기를 두른 베리얼에게는 헛짓에 불과한 것이다.

그런데 과연 현중이 이걸 모르고 있을까?

아니, 누구보다 잘 알고 있다. 하지만 베리얼의 비아냥거림에도 현중은 계속 움직였고, 끝없이 공격했다. 마치 언젠가는 뚫어버릴 수 있다고 믿는 것처럼 말이다.

[이런, 고향으로 돌아와서 머리가 나빠진 건가?]

베리얼은 거의 몇십 분 동안 가만히 서서 사기를 두른 채

막기만 하는 것도 지겨워지고 있었다. 과거야 어찌 되었든 굳이 현중과 싸워야 할 이유가 없기에 최대한 대화를 해보고 싶은 생각에 계속 말을 거는 중이다.

그때,

쩌억!!

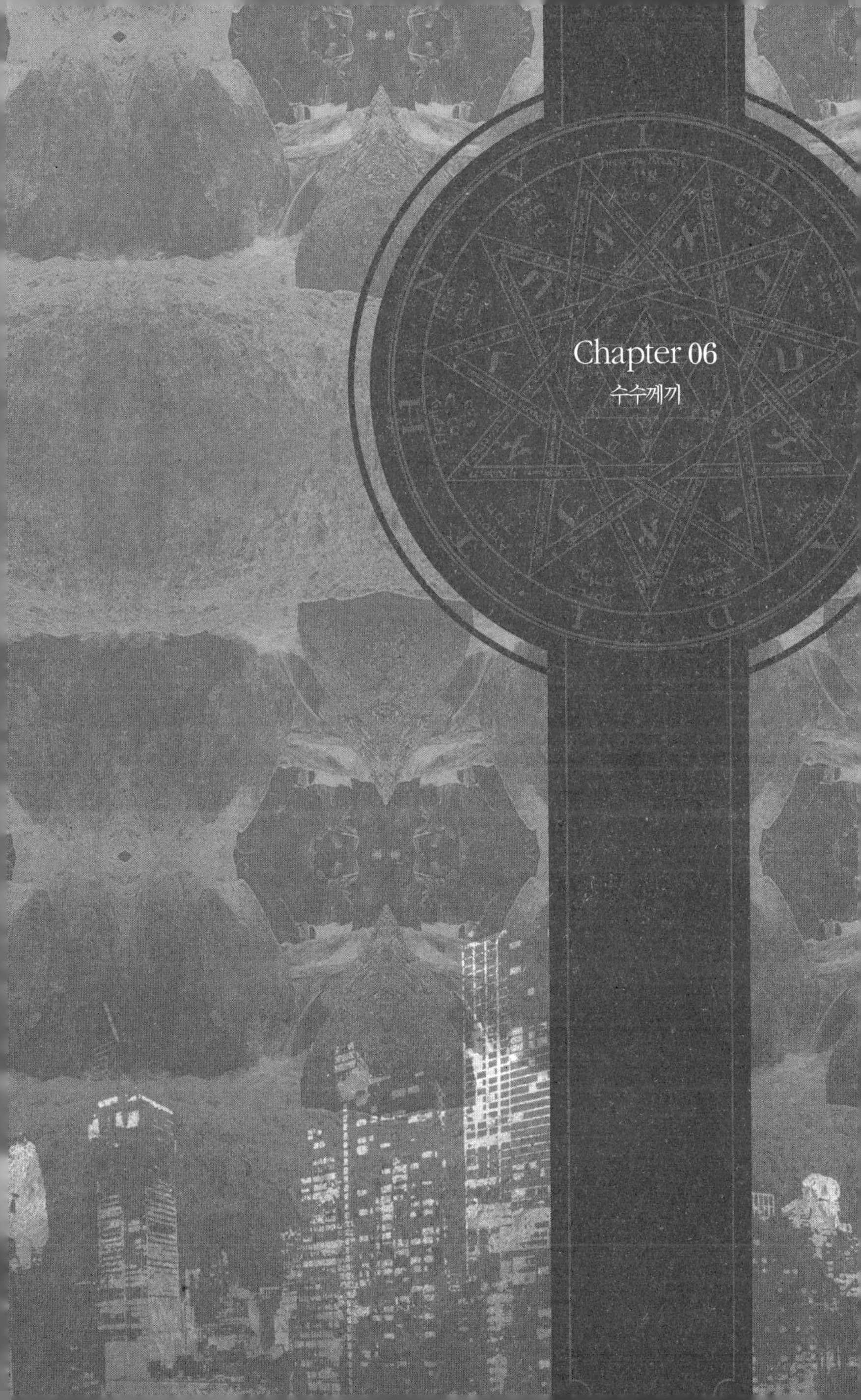

Chapter 06
수수께끼

[⋯⋯?]

뭔가 베리얼의 귀에 이상한 이질감을 가진 소리가 들렸다.

거의 본능적으로 소리가 들린 쪽으로 고개를 슬쩍 움직인

베리얼은 짧은 순간 뭔가 자신의 눈앞에 화악 하고 다가오는

것을 느꼈다.

본능적으로 목을 최대한 꺾어서 피했다.

휘이잉!!

칙~!

날카로운 바람이 베리얼의 오른 뺨을 스치고 지나갔다. 누

가 봐도 대단한 반사 신경으로 피했다 할 수 있지만 완벽하게 피하지는 못했는지 베리얼의 오른쪽 볼이 찢어지면서 살이 벌어졌다.

하지만 이미 죽은 몸이라 그런지 피는 흘러내리지 않았다.

상황이야 어찌 되었든 우선 베리얼은 급히 뒤로 물러나면서 사기를 더욱 두껍게 두르며 현중을 바라봤다.

그리고 피가 흐르는 오른쪽 주먹을 불끈 쥐고 서 있는 현중의 눈빛과 마주쳤다.

[독하군. 사기에 직접 마나를 두르지 않고 때리다니…….]

아무리 강한 현중이라도 현재는 인간의 몸을 지니고 있다. 수명이 길고 드래곤처럼 몇 만 년을 살더라도 불멸의 존재는 아닌 것이다. 즉, 현중에게도 죽음이란 언제고 찾아올 수밖에 없는 방문자였다.

그렇기에 마나를 두르지 않고 사기에 손을 대는 것 자체가 미친 짓이었다. 자칫 잘못하면 오른 주먹을 죽음의 기운에 먹혀 버릴 수도 있는 것이다.

하지만 현중은 자신의 마나의 성질 때문에 베리얼에게 직접적인 공격을 할 수 없다고 판단되자 지체없이 오른팔의 천무신갑의 마나를 풀어버리고는 맨손으로 죽음의 막을 때린 것이다.

그나마 그동안 계속 공격하면서 나름 약하고 얇다고 생각되는 곳을 때렸다.

하지만 역시나 죽음의 기운으로 만들어진 막을 맨손으로 때려서 멀쩡할 리 없었다.

똑, 똑.

바닥에 현중의 주먹에서 흘러내리는 피가 천천히 떨어졌고, 현중은 회심의 한 방이 실패했다는 것에 다시 공격할 기회를 노리고 있지만 이미 베리얼이 자신의 모든 기운을 사용해서 막을 만들어 둘러싸 버렸으니 똑같은 방식은 더 이상 무리였다.

[그분이 눈여겨볼 만하군.]

베리얼도 설마 맨주먹으로 죽음의 기운으로 만들어진 막을 때리는 무식한 짓을 할 것이라고는 예상조차 못했기에 당했다.

물론 이것이 성공했다면 베리얼을 보호해 주고 있던 죽음의 기운으로 만들어진 막이 사라졌을 것이다.

실제로는 베리얼의 몸에서 죽음의 기운이 흩어지는 것은 찰나의 순간일 테지만 현중에게 그 찰나의 순간은 그 무엇보다 확실한 기회가 되었을 테니 말이다.

저벅!

현중은 다시 주먹을 들어 올리면서 공격하려고 했다. 베리얼도 마족이라면 무조건 달려들고 보는 현중의 성격을 알고 있다.

그렇기 때문에 어쩔 수 없이 둘 중 하나가 쓰러질 때까지 붙어야겠다고 마음먹었는지 방어만 하던 조금 전과 달리 눈빛이 달라졌다.

“…….”

[…….]

서로 조용히 노려보면서 눈동자를 깜빡이는 것조차 하지 않고 노려보기만 하다가,

탁!

현중이 먼저 움직였다.

탁!

그러자 베리얼도 기다렸다는 듯 동시에 움직였다. 이번에는 현중도 보이지 않게 사라지는 움직임이 아니라 그대로 베리얼에게 달려들었기에 베리얼도 무작정 반사적으로 현중을 향해 뛰었다.

그때,

쾅!!

“큭!!”

거의 베리얼의 얼굴이 마주 보일 때쯤 무언가 현중의 시야에 쑤욱 하고 끼어들더니 강한 빛과 함께 엄청난 힘으로 밀어냈다.

주르륵.

현중은 공중에서 살짝 몸을 비틀어 바로 서면서 바닥에 나뒹구는 상황은 면했지만 거의 3미터 정도 뒤로 밀리는 것은 어쩔 수 없었다.

그런데 현중만 그런 게 아니라 베리얼도 현중과 비슷했다.

갑작스런 폭발과 함께 강력한 빛에 휩쓸리듯 밀려난 베리얼도 뒤로 물러나서는 겨우 멈춰 섰다.

"누가?!"

싸움에 끼어든 존재에 화가 난 현중이 소리치면서 고개들 들었는데 그곳에는 현중에게 낯익은 얼굴의 남자가 서 있었다.

짧은 머리카락과 함께 무표정하지만 입술의 웃는 얼굴이 묘하게 기억에 오래 남는 존재, 바로 일전에 현중을 시험했던 차원자인 것이다.

"어째서… 당신이 막는 겁니까?!"

현중은 데스 나이트로 부활한 베리얼과의 싸움을 막은 것에 화가 난 듯 소리쳤지만 오히려 차원자는 한숨을 쉬면서,

[넌 어째 치우한테서 그렇게 배우고도 똑같으냐. 최소한 적과 아군 정도는 구분해야 하는 거 아니냐? 그리고 너!]

현중에게 따끔하게 한소리 한 차원자는 곧바로 고개를 돌려 베리얼을 보면서,

[넌 그분의 명령으로 왔다면 당연히 사정 설명을 해야지 무작정 싸워서 어쩌겠다는 거야?]

[……]

베리얼도 차원자의 한마디에 자신의 몸에 두르고 있던 죽음의 기운을 풀어버리더니 고개를 숙였다.

[죄송합니다.]

[나 참, 어째 이런 것들을 믿고서 해결한다는 건지……]

현중은 차원자의 말에 잠시 어리둥절했지만 뭔가 이상하다는 것을 느끼기 시작했다.

[현중이라고 했지?]

"네."

[치우가 혹시나 해서 나에게 부탁하길래 오긴 했는데… 혹시나가 역시나일 줄은 몰랐다.]

치우까지 들먹이자 현중도 우선 한발 물러서면서 몸에 두른 천무신갑을 풀었다.

화르르륵.

마나의 제어가 풀어지자 갑옷처럼 현중의 몸을 보호하던 천무신갑은 다시 마나로 돌아갔고, 잠시 현중의 몸을 배회하더니 자연스럽게 현중의 몸 안으로 사라져 버렸다.

[답답한 놈들이군. 아무튼 넌 명심해라. 적의 적은 친구라는 것을 말이야.]

그 말을 끝으로 차원자는 너무나 허무하게 사라져 버렸고,
한참 끓어오르던 분위기는 한순간에 차갑게 식어버렸다.

[쩝.]

베리얼도 이렇게 끝날 줄은 몰랐는지 약간은 아쉬워하면
서도 그래도 일찍 끝났다는 것에 안도하는지 의미 모를 웃음
을 지었다.

"……."

현중은 말없이 베리얼을 바라보기만 하다가 뭔가 결심한
듯 천천히 걸어서 베리얼에게 다가갔다.

"그분이 누구지?"

차원자도 그렇고 베리얼도 그렇고 그분이라는 존재를 계
속 언급하는 것이다.

우선 다시 싸우기도 애매한 분위기가 되어버렸기에 현중
은 최소한 적은 아니라는 차원자의 말에 우선 따르기로 했다.

치우가 일부러 부탁해서 차원자가 말린 싸움인데 또 붙었
다가는 아마 끌려갈지도 모르니 말이다.

[이제야 궁금한가? 그분의 존재가?]

베리얼은 참 일찍도 물어본다는 듯 살짝 비아냥거렸지만
현중의 표정은 변화가 없었다.

"너의 계약자인가?"

[계약자? 크크큭, 그분은 그런 존재가 아니다. 나를 소멸에

서 다시 부활시켜 주신 분이지. 그리고 나를 마족이 아닌 새로운 존재로 만들어주신 분이고 말이야.]

"……."

[못 믿는 눈치군. 지금이라면 너도 느낄 텐데. 내가 마기(魔氣)가 아닌 죽음의 기운인 사기(死氣)를 사용한다는 것 자체가 이상하지 않나?]

"쳇."

이미 뭔가 이상하다는 것은 알고 있었다. 하지만 과거 베리얼이 어떤 녀석인지 너무나 잘 아는 현중은 오히려 사기를 가진 베리얼이 더 위험하다고 판단했기에 애써 무시했다.

마기는 그래도 어떻게 대처할 수 있지만 사기는 일반적인 인간들에게는 치명적이기 때문이다.

스치기만 해도 시름시름 앓다가 죽을 수도 있다. 오랫동안 닿기만 해도 모든 살아 있는 생기를 빨려 그 자리에서 죽어버릴 수도 있는 게 바로 사기이기 때문이다.

[인정할 건 해야지. 좀생이처럼 쫀쫀하게 굴기는.]

베리얼이 직설적으로 한소리 하자 현중은 그런 베리얼을 잠시 노려보다가 고개를 돌렸다.

그리고 미련없이 발걸음을 돌렸다.

[이봐, 그냥 가려고?]

베리얼은 오히려 그냥 돌아가려는 현중을 붙잡으면서 큰

소리로 부르자 그때야 멈춰 선 현중은 뒤도 돌아보지 않고,

"할 말이 있나?"

완벽하게 무시하는 현중의 태도에 베리얼은 오히려 짜증을 냈다.

[너를 도우라는 그분의 명령으로 내가 왔단 말이야. 그런데 그냥 가버리면 어쩌라는 거야?]

"……?"

현중은 그제야 고개를 슬쩍 돌려 베리얼을 바라보면서,

"나를 도와? 어째서?"

관심을 보였다.

[자세한 건 몰라. 하지만 카일라제를 못마땅하게 생각하고 있는 건 너와 몇몇 차원자뿐만이 아니야. 그 녀석이 자신이 소속된 곳을 벗어나려고 하는 순간부터 우주의 질서가 꼬이기 시작했다는 말을 하더군.]

"…꼬여?"

현중은 신의 일에는 신이 직접적으로 끼어들지 않는다고 들었다. 그렇기에 현중이 지금 이 고생을 하고 있는 것이다.

그런데 다른 곳의 존재가 카일라제 때문에 곤란을 겪고 있다고 한다.

거기다 그분의 명령으로 현중의 손에 소멸되었던 베리얼이 다시 살아나서는 데스 나이트라는 요상한 형태로 지구에

나타났다.

그 베리얼의 이어진 말은 한편의 대서사시에 버금가는 범우주적인 내용이 대부분이었다. 쓸데없는 것을 싹 잘라 버리고 핵심만 풀이하면 간단했다.

우주를 관장하는 가장 대빵의 신이 있는데, 카일라제가 원래 정해진 곳에서 벗어날 수 없는 주신의 위치에서 자꾸 벗어나려고 하는 것을 알아챈 것이다.

처음에는 그냥 그러다 말겠지 하고 대충 놔뒀는데, 어째 상황이 요상하게 돌아가는지 카일라제가 차원자까지 꼬드겨서는 차원의 통로를 이용해서 지구와 대륙을 오가기도 하면서 조금씩 자신의 세력을 넓히게 되었다.

뒤늦게 카일라제가 하는 짓이 얼마나 위험한지 깨달은 우주를 관장하는 대빵 신은 지구를 살펴보다가 그나마 카일라제를 막으려고 용을 쓰는 현중의 존재를 알게 되었다.

그래서 생각을 해본 뒤 자신도 신의 규칙에 의해 직접적으로 뭔가 일어나지 않은 이상 자신이 제재를 가할 수가 없기에 뭔가 다른 녀석을 보내려고 찾다가, 현중의 손에 소멸된 베리얼을 찾아내서 지구에 다시 살려서 보낸 것이다.

그리고 베리얼이 말하는 그분과 예전에 치우가 말했던 그분이 같은 존재라는 것도 대충 알게 된 현중이다.

"그래서 나를 돕겠다는 건가?"

[당연하지. 그리고 자네만 카일라제에 원한이 있는 건 아니거든.]

"……?"

베리얼도 카일라제에 원한이 제법 있는 듯 이를 갈면서 카일라제를 언급하는 모습에 고개를 갸웃거렸다.

[우리 마족을 제 기분 내키는 대로 움직이고 일부러 차원의 구멍을 뚫어서 미친 듯이 지상에서 활개치고 해놓고는 갑자기 깡그리 소멸시키면서 마계에 다시 가둬 버리고. 무슨 똥개 훈련시키는 것도 아니고 짜증이 안 나겠냐? 거기다 거의 1,000년 주기로 이런 짓을 반복하고 있다면 누구라도 짜증난다.]

거칠게 말하면서 짜증내는 베리얼의 모습에 현중도 대충 카일라제가 일부러 마계의 구멍을 뚫고 이계에서 사람을 불러와 마족을 처리하게 하는 행동을 대충 알고 있었다.

그리고 그 모든 것이 바로 지구로 카일라제 자신이 넘어가기 위한 하나의 발판이란 것도 말이다.

[물론 그 사실을 깨달은 마족은 모두 지상에서 소멸되었지. 과거에는 치우천왕에게, 그리고 최근에는 자네의 손에 말이야. 물론 난 운이 좋은지 되살아나긴 했지만.]

"……."

베리얼의 말을 들어보면 지상에 있는 마족들은 대륙을 마음껏 유린하다가 자신이 죽을 때 이용당했다는 것을 깨달았다는 말이 되었다.

그렇게 생각하자 현중은 자신도 모르게 피식 웃음이 나왔다.

"훗……."

[뭐야? 비웃는 건가?]

베리얼은 현중의 웃음에 본능적으로 기분이 나쁘다는 것을 느끼면서 말했지만 현중은 그대로 몸을 다시 돌렸다.

[이봐! 내 말을 끝까지 들었으면 뭔가 대답을 해야 할 거 아니야! 나도 그분의 명령으로 온 거라 어쩔 수 없다고!]

현중이 대답이 없자 짜증과 함께 답답한 마음에 소리친 베리얼이었지만 돌아온 현중의 대답은 간단했다.

"맘대로 해. 하지만……."

현중이 말을 살짝 끊으면서 고개를 돌려 베리얼을 똑바로 바라보더니,

"마족으로 있을 때처럼 행동한다면… 알지?"

[쳇, 여전히 날 못 믿는군.]

베리얼은 모든 것을 다 이야기해 주었는데도 여전히 과거의 마족이던 시절의 베리얼을 기억하고 쉽게 믿어주지 않는 현중의 모습이 짜증났다. 하지만 한편으로는 어쩔 수 없다고 스스로도 인정할 수밖에 없었다.

자신 같아도 갑자기 현중이 마족의 편에 서서 인간과 싸우겠다고 한다면 믿지 않았을 것이니 말이다.

현중은 베리얼에게 한마디 하고는 제단 위로 올라가더니 마지막까지 기절한 채 살아남은 한 명에게 다가갔다.

이제 막 20세 정도 되어 보이는 여자였는데, 검은 머리카락에 피부색을 보니 중국이나 한국, 아니면 일본 사람으로 생각되었다.

'정말 운 좋은 사람은 이 여자군.'

현중은 완전히 운발 하나로 결국 살아남은 이 여자를 보면서 속으로 한마디 하고는 안아 들었다. 생판 모르지만 최소한 이곳에서 데리고 나가기는 해야 했다.

스르륵.

현중이 여자를 안고 제단에서 사라져 버렸고, 그 모습을 끝까지 지켜보던 베리얼도 한숨을 쉬더니,

[우선 나도 잠시 휴식을 취해야지. 설마 이런 상황에 나를 보낼 줄은 몰랐으니.]

추르르륵.

현중이 간 마당에 자신이 이곳에 남아 있을 이유가 없다고 생각한 베리얼은 온몸이 녹아내리듯 흘러내리더니 한줌의 핏물로 변했다. 그리고 흘러내렸다고 생각된 순간 거짓말처럼 사라져 버렸다.

                    *   *   *

타탁, 탁.

모닥불을 피우면서 나무 타는 소리가 조용하게 울려 퍼지는 산속에 현중은 눈앞에 아직도 잠들어 있는 세 명의 여성을 지그시 바라봤다.

어떻게 하다 보니 살아남은 사람 모두 동양인에 여성이었다.

물론 제이니와 이민정은 현중이 신경을 쓰긴 했지만 결과적으로 세 사람 모두 자신의 운발 하나로 결국 살아남은 것이다.

그런데 벌써 그곳에서 나온 지도 네 시간이 지났지만 도통 여자들이 깨어날 기미가 보이지 않는 것이다.

벌써 해는 져서 어두운데 무슨 약을 썼는지 모르지만 깨어나지 않는 여자들을 본래 있던 숙소에 데려다 놓을 수도 없고, 어차피 호텔은 더 이상 안전하지 않으니 데리고 갈 곳도 없었다.

상황이 이러니 우선 네팔을 벗어나 인도로 들어왔지만 어딜 가질 못하고 가까운 산에 자리 잡고 있을 뿐이다.

"약인가? 아니면 마법?"

현중이 그녀들의 잠든 모습을 지그시 바라보면서 한마디 하자,

─제가 살펴봤지만 약이나 흑마법 종류는 아닌 듯합니다.

테른의 목소리가 뒤쪽의 그림자에서 들렸다.

"그럼 뭐지? 벌써 하루가 넘게 깨어나지 않고 있는데 말이야."

너무 오래 깨어나지 않는 것도 심각한 문제가 될 수 있기에 현중은 지금 어떻게든지 깨워보려고 하는 것이다.

인간은 음식을 먹지 않고도 최대 몇 십일은 살아남을 수 있다. 하지만 물을 마시지 않고는 길어봐야 최대 일주일이다. 그만큼 수분을 섭취하는 것은 인간의 생존에 필수적인 요소다.

병원에서 링거액을 환자의 혈관을 통해 주입하는 것도 모두 수분과 함께 최소 생존에 필요한 영양분을 공급하려는 이유다.

이런 현중의 생각을 테른이 모를 리가 없다.

그래서 이미 별의별 수단을 다 써본 상태다.

잠든 듯 누워 있는 여자들이지만 세 명 다 하나같이 양쪽 볼이 빨갛게 부어 있었다.

그 이유는 바로 현중이 깨우기 위해서 사정없이 귀싸대기를 후려쳤기 때문이었다. 무려 20대 이상이나 때렸지만 전혀

반응이 없기에 도중에 그만둬 버렸다.

하지만 남자의 힘으로 여자의 연약한 얼굴을 때렸으니 부어오르는 것까지는 막지 못했다.

―웨이크!

테른이 기절하거나 마법으로 깨어나지 못할 때 효과적으로 깨우는 마법인 웨이크 마법을 수십 번 시전했지만 그조차도 소용이 없었다.

"그냥 버리고 갈까?"

현중은 도저히 자신의 방법으로는 깨어나지 않자 그냥 대사관에 던져 넣고 가버릴까 생각했지만 그놈의 정이 뭔지 반나절이지만 함께 밥 먹고 이야기 나누면서 쌓인 정 때문에 그러지도 못하고 있었다.

가능하면 얼른 깨워서 이곳에서 서로 헤어지는 게 최선이기에 귀찮지만 이러고 있는 것이다. 영국이나 다른 나라에 데리고 가는 건 일도 아니지만 만약에 그랬다가 그녀들이 그곳에서 깨어나면 누구라도 이상하게 생각할 테니 말이다.

최대한 자연스럽게, 그리고 깨끗하게 헤어지는 걸 원하는 현중이 우선은 조금 더 기다려 보고 그래도 깨어나지 않는다면 그때는 방법이 없었다.

정말로 대사관 앞에 던져 넣고 가는 수밖에 말이다. 외국에서는 뭐든지 대사관만 찾아가면 해결할 수 있다는 말을 들었던 기억이 있던 현중은 오로지 최후의 보루로 대사관만 생각하고 있었다.

그리고 또 다른 이유가 있다면, 어째서 그녀들이 제사장의 눈에 들어서 살아남았는지도 조금은 궁금하기도 했다.

뭔가 일반 사람과 다른 게 있으니 살아남았고, 데스 나이트를 만드는 제물로 선택되었다고 생각하고 있었기에 최대한 기다려 보는 것이다.

정과 함께 자신의 호기심을 풀고 싶은 것이 현중의 솔직한 마음이었다.

하지만 그런 현중의 바람을 가볍게 무시하듯 그녀들은 그 후로도 몇 시간을 기다려 봤지만 깨어나지 않았다.

"별수 없군."

현중도 마냥 기다릴 수는 없어서 결국 그녀들을 짊어지고 인도의 미국 대사관에 몰래 데려다 놓고는 나와 버렸다.

"운이 좋은 사람들이니 뭐 걱정 없겠지."

결과적으로 할 일이 많으니 어쩔 수 없는 선택이었다.

인도를 찾아온 것은 나름 괜찮은 선택이었지만 결과적으로 보면 차라리 오지 말아야 했을지도 모른다는 생각이 현중의 머릿속에 계속 맴도는 중이다.

영국에 도착하고 나서도 현중은 잠시 공원 벤치에 앉아서 하늘만 바라봤다.

"도대체… 어떻게 일이 돌아가는 건지……."

인도에서 여자들이 깨어나길 기다리면서 현중은 모닥불을 피우다 보니 문득 왜 자신이 이렇게 살아야 하는지 의문이 들었다.

분명 자신은 지구에서 적당히 돈 벌고 적당히 해보고 싶은 것 하면서 조용히 살려는 게 원래 지구로 넘어올 때 목표였다.

평범함 그 이상을 바란 적도 없고, 그 이하를 바란 적도 없다.

정말 욕심 없이 평범한 것을 바란 게 욕심이라면 욕심일지도 모른다. 하지만 누가 말했던가. 남들이 쉽게 말하는, 평범하게 태어나서, 평범하게 자라서, 평범하게 결혼하고, 평범하게 자식 낳고, 그리고 마지막으로 평범하게 늙어 죽는 게 얼마나 힘든 일인지 모른다고 말이다.

실제로 말로는 평범하게 산다고 하지만 지구에 살아가는 인간 중에 과연 정말 평범하게 살아가는 사람이 몇이나 될까? 세어보진 않았지만 결코 많진 않을 것이다.

인간이란 본래 욕심으로 태어나 욕심으로 발전하고 욕심으로 죽는 동물이니 천성적으로 평범함이란 게 적용되기가 힘든 것이다.

"참… 복잡하네."

어차피 현중은 자신도 지구로 넘어올 때 평범하게 늙어 죽
는 건 포기한 지 오래다. 드래곤보다 오래 살 거라는 말을 듣
고 늙어 죽는 걸 바란다는 건 웃기는 일이니 말이다.

하지만 생각하면 할수록 지금 자신의 처지가 웃기기도 하
고 바보 같은 느낌도 들었다.

물론 그렇다고 지금에 와서 카일라제를 상대하는 걸 포기
할 수도 없었다.

처음엔 영문을 몰랐지만 현중의 운명 자체를 크게 바꾼 존
재가 바로 카일라제였으니 그 대가는 받아내야 하기 때문이
다.

사색을 즐기듯 현중은 벤치에 앉아서 잠시 생각도 할 겸 머
리도 식히면서 베리얼이 말한 그분이라는 존재의 등장과 함
께 느닷없이 나타난, 조력자라고 하기에는 이상하지만 최소
한 적은 아닌 베리얼의 등장까지 변수에 집어넣어 앞으로의
계획을 짰다.

그런데 지금 현중의 머리를 복잡하게 하는 이유는 결과적
으로 바로 베리얼 때문이었다.

베리얼이라는 존재 자체도 꺼림칙한데 거기다 진정한 데
스 나이트라는 업그레이드된 상태로 나타났으니 골치가 아플
수밖에 없었다.

언제 적으로 돌아설지도 모르는 녀석이니 말이다.

"아, 정말 쉽게 풀리는 게 하나도 없네. 지구를 뒤집을 힘과 능력이 있으면 뭐해. 마음대로 되는 게 하나도 없는데. 정말……."

푸념하듯 한마디 한 현중이 복잡한 머릿속을 조금이라도 가볍게 할 요량으로 멍하니 하늘을 보고 있는데,

―마스터.

"응?"

테른이 조용히 현중의 그림자 속에서 부르는 것이다.

―마스터, 미국과 러시아가 움직입니다.

"벌써?"

―네. 저희가 예상한 것보다 미국의 움직임이 빠릅니다. 그리고 러시아는 자국의 영토에 오리하르콘이 묻혀 있다고 소문이 퍼졌으니 당연히 움직임이 빠를 수밖에 없습니다.

"미국이라……. 상황은?"

―미국은 이미 특수부대를 파견해서 아르카임 스톤헨지 지역을 탐사하기 시작했습니다. 다만 자국이 아니기에 조심스럽게 움직이긴 하지만 이미 미국 본토에서는 대규모로 부대가 움직이기 시작한 징후를 잡았습니다.

"그 외 국가는?"

미국이 그만큼 적극적으로 움직인다면 다른 국가들도 충분히 뭔가 움직여야 했다. 그런데 의외였다.

―러시아와 미국 외에는 전혀 움직이지 않고 있습니다.

"…눈치 보기인가."

현중이 정확하게 집어내자 테른도 현중과 비슷한 생각인 듯했다.

―어차피 러시아는 자원을 수출하는 걸로 유지되는 국가입니다. 외교적으로 러시아와 협상을 위해 다른 준비를 할지도 모릅니다. 하지만 겉으로 보이는 모습은 조용합니다.

은근히 오리하르콘에 지대한 관심을 보인 곳이 바로 중국이었다.

워낙 땅덩어리가 크다 보니 자원에 대해 제법 민감한 편이었다. 물론 중국 내부에서도 석탄과 석유가 생산이 되긴 했다.

하지만 석탄은 몰라도 석유 같은 경우는 내국인조차 사용하길 꺼려 할 만큼 원유의 질이 그리 좋지 못했다. 그러다 보니 자연스럽게 수입한 원유를 사용하는 경우가 대부분이었다.

거기다 2008년에 올림픽까지 개최할 계획에 있다 보니 지금 중국은 전 세계의 철강과 석유를 비롯해 여러 가지 원자재를 수입하는 물량이 엄청났다.

누군가 중국의 수입하는 물량을 보고 마치 깊은 웅덩이 속에 끝없이 집어넣는 것 같다고 말했을 정도이니 다른 말이 필요하겠는가. 아무튼 중국의 무차별적인 수입 덕분에 세계 경제는 좋아졌지만 정작 중국 내부는 곪아가고 있었다.

"의외군. 중국이 조용하다니."

미국보다 중국이 오리하르콘에 더욱 군침을 흘릴 것으로 생각했는데 조용한 것을 보면 약간은 의외였다. 테른의 생각은 달랐다.

―물론 중국이 오리하르콘에 미국 다음으로 관심을 보인 것은 사실이지만 곧 열릴 올림픽 때문에 이미지 관리를 하는 것 같습니다.

"훗, 이미지 관리라……. 어차피 그 가면에 가려진 본성을 다 알고 있는데 말이야. 결국 인간은 자신의 이익 앞에 무너지게 되어 있어."

테른의 말대로 중국이 지금 눈치를 보고 있을 수도 있다. 하지만 현중은 자신했다.

미국이든 러시아든 아르카임 스톤헨지에서 오리하르콘을 발견했다는 말이 들리면 벌떼같이 달려들 것이라고 말이다.

실제로 만약에 러시아에 있는 아르카임 스톤헨지에서 오리하르콘이 발견되면 미국보다 중국이 훨씬 유리했다.

같은 대륙에 있고 유럽보다 가까우며 현재 경제의 블랙홀이라고 불릴 만큼 급성장을 하고 있는 중국은 러시아가 원하는 만큼 돈을 지불할 능력이 충분히 되기 때문이다.

바로 여기서 현중의 계획대로 흘러가게 된다.

중국과 미국, 군사력은 서로 비등하다고 외치지만 객관적으로 아직은 미국이 앞서는 편이다.

물론 일반적인 전쟁이라면 미국이 앞서는 게 맞다.

하지만 아르카임 스톤헨지를 시작으로 러시아나 그 가까운 곳에서 전쟁이 터지면 지형의 특성상 미국이 아니라 중국이 유리하게 되는 것이다.

태평양을 건너야 하는 미국과 달리 중국은 그런 부담이 없었다.

거기다 철도도 미리 놓여 있기에 만약에 전쟁이 터지더라도 미국보다 빠르게 러시아에 파병할 수 있고, 그걸 빌미로 미국을 압박할 수 있는 것이다.

미국도 그걸 알기에 소문이 퍼지자마자 빠르게 움직인 것이다.

최대한 먼저 발견해서 러시아와 협상을 하는 것이 가장 편하면서도 쉬운 방법이니 말이다.

"구경 한번 가볼까?"

현중은 자신이 파놓은 함정에 걸려들게 될 녀석들을 구경도 하고 정말 오리하르콘이 있는지 없는지도 확인할 겸 움직이기로 했다.

만약에 현중의 추측이 빗나가서 오리하르콘이 없다면? 테른의 아공간에 있는 오리하르콘을 몰래 묻어두고 슬쩍 한 발짝 떨어져서 구경할 생각이다.

이유야 어찌 되었든 오리하르콘만 발견되면 되니 말이다.

"가자."

현중이 벤치에 앉은 채 조용히 말하면서 자신의 존재감을 지워 버렸다. 그리고 사라졌다.

하지만 공원의 그 누구도 알지 못했다, 현중이 사라졌다는 것을. 그 자리에 누군가 앉아 있었다는 것도 금방 잊힐 것이다.

*　　　*　　　*

"휘유~ 많이도 왔네."

테른의 말로는 그냥 선발대 비슷하게 파견한 것처럼 말했지만 막상 와본 현중의 눈에는 선발대라는 게 쉽게 납득이 되지 않을 규모였다.

천막으로 만들어진 막사가 무려 열 개나 되었고, 연구를 위한 목적인지 그 외에도 작은 막사 여러 개가 쉽게 눈에 띄었다.

거기다 웃기게도 미국만 있는 게 아니었다.

"뭐야? 러시아와 미국이 손잡은 건가?"

처음에는 워낙 규모가 커서 몰래 하는 것 같지 않아 보이긴 했지만 자세히 보니 대충 반으로 잘라 북쪽의 막사는 미군이고 남쪽의 막사는 러시아군이었다.

"재미있게 돌아가는데."

물론 피 터지게 싸우길 바란 것은 아니지만 설마 발굴 단계부터 미국과 러시아가 손을 잡을 줄은 몰랐던 것이다.

역사적으로 러시아와 미국은 상처의 골이 깊어서 지금 휴전하는 것 자체도 대한민국의 남한과 북한의 관계와 비슷했다.

그렇기에 현중도 설마 이렇게 대놓고 같이 아르카임 스톤헨지에 자리 잡을 줄은 몰랐던 것이다.

하지만 그렇기에 재미있게 상황이 벌어지고 있기도 했다.

"얼마나 찾았는지 한번 볼까?"

현중은 자신을 대신해서 미국과 러시아가 발바닥에 땀나도록 움직이는 모습을 보고는 싱긋 웃으면서 천천히 걸어가기 시작했다.

임시로 출입을 막는 철조망부터 보초를 서고 있는 병사도 많았지만, 애초에 그런 것은 현중에게 방해물 축에도 끼지 못했다.

저벅저벅.

대놓고 보초병이 서 있는 정문을 통과해서 들어가자 군용 트럭 여러 대가 바쁘게 지나다니면서 수많은 군인들이 여러 가지 장비를 들고 뛰어다니는 등 한눈에도 엄청 분주해 보였다.

"뭔가 발견한 건가?"

처음에 너무 바쁘게 움직이는 모습에 혹시 오리하르콘을 발견했는가 싶어서 테른에게 알아보라고 시켰지만,

—원래 이렇게 바쁘게 뛰어다닙니다. 서로 구역을 나눠서 탐사를 하다 보니 경쟁이 붙은 걸로 확인됐습니다.

"경쟁? 크크크큭. 나에게는 고마운 일이지."

한마디로 현중에게는 너무나 고마운 일이었다.

애초에 현중을 대신해서 이렇게 열심히 찾아주는 것도 고마운데 러시아와 동시에 발굴하며 경쟁까지 붙었다면 그 속도는 더욱 빨라질 것이다.

기쁜 마음에 조금 더 살펴볼 요량으로 막사 근처까지 움직였을 때다.

"……!"

현중은 갑자기 발걸음을 멈추고 바로 자신의 옆에 있는 막사를 조용히 돌아봤다.

일반적인 군에서 사용하는 두꺼운 천으로 지어진 막사는 다른 막사와 별다를 게 없었다. 하지만 현중의 발길을 잡은 것은 바로 막사에서 마기가 느껴지기 때문이었다.

씨익~

마기를 느끼자마자 현중은 천천히 걸어서 막사의 입구를 향해 걸었다.

현중이 걸어갈수록 마기는 조금씩 진해졌고, 막사 입구에 다다랐을 때는 확실하게 마기가 느껴지고 있었다.

"꿩 대신 닭인가."

의미 모를 말을 중얼거린 현중은 천천히 막사 안으로 들어갔다.

그런데 정작 막사 안으로 들어온 현중의 눈에는 마족으로 보이는 존재는커녕 사람 한 명 없었다.

"……?"

순간 자신이 잘못 느꼈나 싶어서 다시 한 번 감각을 확인했지만 확실히 지금 막사에서는 마기가 느껴지고 있었다. 하지만 정작 막사 안에는 아무도 없었던 것이다.

"마나 영역!"

현중은 자신의 마나를 퍼뜨렸다.

"기감 영역!"

마나 영역으로도 부족한지 기감 영역까지 퍼뜨렸는데 거기서도 아무런 흔적이 보이지 않자,

"공간 영역!"

공간 영역까지 펼쳤다.

이건 일반적인 무술의 고수들이 자신만의 공간을 만들어서 공격과 방어를 완벽하게 할 수 있다는 개념의 공간 영역과는 완전히 다른 것으로, 현재 현중이 서 있는 곳을 중심으로 공간 영역이 펼쳐진 곳에는 어떠한 작은 움직임이라도 현중의 감각을 피할 수 없다.

즉, 공간 영역을 펼치고 그 속에 있는 현중에게는 설사 신이라도 쉽게 다가갈 수 없었다.

하지만 살아 있는 생명이나 마족으로 보이는 존재의 기척을 전혀 찾아낼 수 없었다.

대신 현중이 서 있는 정면으로 작은 상자가 하나 보였는데, 그 속에서 조금씩 마기가 지속적으로 흘러나고 오고 있는 것은 찾아낼 수 있었다.

"이건가?"

현중이 다가가 손을 뻗어 집어 든 상자는 보통의 여자들이 사용하는 보석함 정도의 크기였다.

재질은 제법 딱딱해 보였고, 들었을 때 제법 무게감이 느껴졌다. 무엇보다 상자의 위쪽은 아무런 무늬도 없고 평범했다.

"잠겼군."

현중은 마기가 흘러나오는 상자에 흥미를 느끼고 열어보려고 했지만 꿈쩍도 하지 않았다.

"테른."

―네, 마스터.

"열어."

현중은 두 번 생각할 것도 없이 이건 마법이라고 판단하고
는 테른에게 내밀자,

―언락.

마법으로 잠긴 것이라면 무엇이든지 열 수 있고, 굳이 마법
이 아니라도 웬만한 자물쇠는 모두 열 수 있는 만능키 마법인
언락을 걸었다.

치칙!!

"응?"

―……?

현중과 테른은 둘 다 상자의 반응에 고개를 갸웃거렸다.

언락 마법은 이펙트가 없는 마법이었다. 마법은 보통 두 가
지로 나뉘는데, 하나는 실용성에 중점을 두고 철저하게 효과
에만 집중한 마법이고, 두 번째는 화려하면서도 사람들의 시
선을 잡아끄는 마법이다.

일반적으로 화려한 마법은 공격 마법이나 방어 마법류였
고, 실용성에 중점을 둔 마법은 대표적인 게 언락, 미러 등 사
소한 듯하면서도 있으면 엄청 편리한 마법이다.

그런데 언락을 걸자마자 상자에서 스파크가 튀면서 마법
이 튕겨져 버린 것이다.

"뭐지?"

—저도… 이런 경우는 처음입니다.

테른도 대륙이라면 모를까, 지구에 와서 자신의 마법이 튕겨져 나간 경우는 처음이라 어리둥절해했다.

물론 당장에라도 상자를 힘으로 열어보고 싶지만 우선 이곳은 장소가 적당치 않다고 생각하고는,

"챙겨라."

한마디와 함께 테른에게 던져 주자,

—알겠습니다.

대답을 하는 것과 동시에 현중이 던진 상자를 자신의 품으로 끌어안듯 받아 들면서 아공간에 집어넣어 버린 테른이었다.

그러자 거짓말처럼 느껴지던 마기가 사라져 버렸다.

"역시 그게 마기를 뿜어내고 있었군."

상자를 테른이 아공간에 집어넣자마자 막사를 채우던 마기가 거짓말처럼 희석되더니 곧 사라져 버린 것이다.

대충 봐서도 군수 물품은 아닌 듯했다.

군대에서 마기가 나오는 물건을 사용할 리도 없지만 가죽에 쓸데없이 무겁고, 거기다 마법으로 잠겨 있는 물건을 군에서 취급할 리가 없기 때문이다.

—아마 탐사 도중에 이곳에서 발견한 물건 같습니다.

"그렇겠지? 자, 얼른 둘러보고 돌아가자."

현중은 그 길로 막사를 나와 좀 더 둘러봤다. 하지만 크게 특별하다랄 것은 없었다. 러시아 진영에서는 마기가 뿜어져 나오는 상자라도 발견했지만 미군 진영에서는 그릇 조각 몇 가지와 나무로 만들어진 이상한 것 몇 개가 전부였다.

이제 막 시작했으니 아직은 조금 더 기다려야 할 것 같았다.

"돌아가자."

현중은 더 이상 찾아봐야 별것 없다고 생각하고는 테른과 함께 군 진영을 벗어나 한 번 더 멀찌감치 살펴보다가 사라졌다.

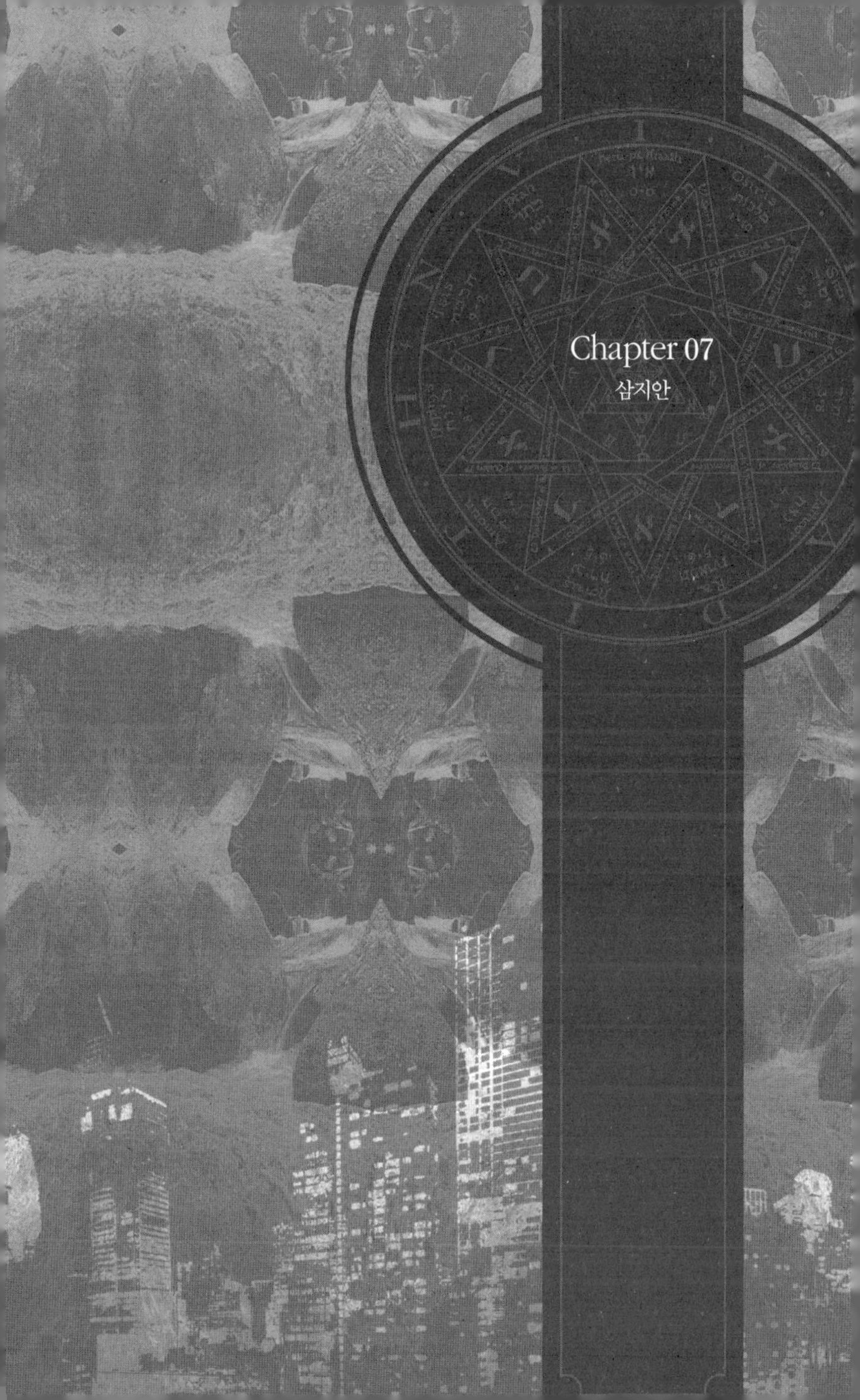
Chapter 07
삼지안

"이건 뭘까."

현중은 다시 영국으로 돌아왔다. 간단하게 샤워를 하고 편한 옷으로 갈아입고서는 앉아서 탁자에 놓은 작은 조각상을 바라보고 있었다.

—마스터, 이건 뭡니까?

테른은 때마침 제이니와 이민정을 안전한 곳에 옮기느라 베리얼이 테른에게 조각상을 준 것을 몰랐다.

"그 녀석이 주더군."

—그 녀석이면… 베리얼 말입니까?

이미 현중에게 베리얼이 데스 나이트로 다시 나타났다는 말을 들었다. 물론 그 말을 듣고 가장 놀란 것은 바로 테른이었다.

한때 자신이 모시던 마왕이 아니던가. 물론 원수지간이 되긴 했지만 베리얼이 어떤 존재인지 현중보다 아마 테른이 더 잘 알지도 모른다.

하지만 베리얼은 현중의 손에 소멸당했다. 그건 테른도 직접 두 눈으로 확인했던 것이다.

그런 베리얼이 지구에서 다시 부활했다니 쉽게 믿을 수가 없었다. 하지만 현중과 테른은 영혼이 연결된 사이였기에 서로 거짓은 통하지 않아 믿을 수밖에 없었다.

"그놈과 인연도 참 질기다. 그러고 보면 말이야."

현중이 나직하게 한마디 했지만 테른도 그건 마찬가지였다. 결과적으로 테른이 마족을 배신할 수밖에 없게 만든 장본인이 바로 베리얼이었으니 말이다.

정확하게 말하자면 현중에게는 그냥 싫은 놈 정도지만 테른에게 베리얼은 절대로 같은 공간에서 살아가는 것을 허용할 수 없는 원수였다.

꽈악!

테른이 주먹을 강하게 쥐었고, 현중이 그걸 모를 리가 없었다.

“참아라.”

―죄송합니다.

테른은 자신도 모르게 본심을 보였다는 것에 현중에게 고개를 숙였지만 현중은 오히려 그런 테른의 행동이 좋았다.

본능에 충실한 것, 그게 바로 마족 본연의 성격이니 말이다. 물론 너무 가면 문제가 되긴 하지만, 지금의 테른은 현중에게 조금은 불만이었다. 아직도 수동적인 면이 많았기에.

“진짜배기 데스 나이트가 되어서 돌아온 녀석은… 테른 네가 어찌할 수 있는 녀석이 아니다.”

현중은 혹시나 테른이 실수할까 봐 단호하게 못 박듯 말했다.

진정한 데스 나이트는 말이 죽음의 기사지 실제는 거의 저승사자나 다름없었다. 신성력에 완전 반대되는 죽음의 기운 속에서 태어나는 존재가 바로 데스 나이트다. 그리고 죽음이란 마족이라고 피할 수 있는 게 아니었다.

인간에게는 생물학적 죽임이 있다면, 마족에게는 바로 소멸이 있으니 말이다.

즉, 전에는 마왕이라서 상대가 안 된다면, 이번의 베리얼은 저승사자로 다시 태어나 버려 테른은 아예 손도 대지 못하는 존재가 되어버렸다.

아무리 봉인이 완전히 풀린 테른이라고 해도 결국 마기는 사기를 이길 수 없는 법이다.

테른은 억울하겠지만 넘을 수 없는 벽이 되어버린 현실을 주인인 현중으로서는 확실하게 알려주는 것 외에는 별다른 방법이 없었다.

테른을 잃어버리면 현중만 손해니까 말이다.

—알겠습니다.

현중은 꽈악 쥐고 있는 주먹을 펴지 않고 대답하는 모습에 명령이라서 대답은 하지만 납득한 것은 아니다. 하지만 모른 체했다.

현중도 테른의 기분을 이해하기 때문이다. 다만 테른이 지극히 냉철한 성격을 지니고 있기에 경거망동은 하진 않겠지만 그래도 현중은 주인으로서 경고는 해줘야 했다.

"그보다… 이게 뭘 뜻할까?"

현중은 탁자 위에 세워진 작은 조각상을 봤다.

처음에는 대충 훑어봤지만 지금 자세히 보니 뭔가 장난스럽게 만든 것 같기도 했다. 하지만 데스 나이트를 불러들인 제사장이 몸에 지니고 있던 것이다.

결코 허접한 것은 아닐 것이다.

—눈이 세 개… 칼과 창, 화난 얼굴의 불상이라……. 특이합니다.

테른도 생전 처음 보는 불상의 모습에 고개를 갸웃거렸다.

그러더니 자신의 가슴에 손을 쑤욱 집어넣은 테른은 뭔가 찾는 듯 잠시 동안 뒤적거리더니 손을 뺐다. 그의 손에는 W패드2가 들려 있었다.

"너, 인터넷 검색도 하냐?"

테른이 W패드2를 가지고 있다는 것이 이상할 것은 없다. 하지만 정작 직접 사용하는 모습을 한 번도 본 적이 없기에 현중은 놀랐다.

그런데 그런 현중을 바라본 테른은,

―저도 만능은 아닙니다. 필요할 때는 과학의 힘을 빌려야지요.

"뭐, 그렇긴 하지."

맞는 말이긴 했지만 뭔가 테른의 이미지와 맞지 않는다는 느낌 때문인지 이상하게 W패드2를 들고 인터넷 검색을 하는 모습에 이질감이 느껴지는 것은 어쩔 수 없었다.

지금까지 현중이 무언가 물었을 때 척척 대답하고 마치 모든 것을 알고 있는 듯했는데 역시나 혼자라는 것은 한계가 있는 모양이다.

그런데 인터넷 검색을 하는 테른을 가만히 바라보던 현중은 자신이 회장으로 있던 회사에서 만든 제품이지만 실제로 사용해 본 적이 거의 없다는 것을 뒤늦게 알았다.

'훗, 너무 테른에게 의존했나? 그동안 나는……'

문득 테른에게 너무 많은 업무와 일을 시킨 것 같다는 생각
이 들었다. 물론 그렇다고 지금 당장 테른에게 휴가를 줄 수
있는 여건도 상황도 아니지만 그런 생각이 들자 나중에 모든
일이 마무리되면 테른에게 휴가라도 한번 줘야겠다고 생각했
다.

그래도 부하 생각하는 건 주인밖에 없었다. 그리고 테른에
게는 현중이 챙기지 않으면 챙겨줄 사람도 없었다.

─음, 저런 모양의 불상은 인터넷 검색을 해도 없습니다.

제법 오랜 시간을 검색하던 테른이 말에 현중도 답이 없기
는 마찬가지였다.

무엇보다 눈이 세 개 달린 화가 난 얼굴의 불상이라니 왠지
여러 가지 신의 형상을 마치 섞어놓은 것 같은 느낌이다.

하지만 어색하다거나 조잡하다는 느낌보다는 오히려 이
조각상에서 다른 신들의 얼굴이 갈라져 나와 여러 신의 종류
로 나눠진 듯한 느낌을 받을 만큼 자연스럽기까지 한 것이다.

가장 먼저 현중의 시선을 끈 것은 바로 일반적인 눈동자 사
이에 그려진 세 번째 눈동자였다.

정확하게 말하면 눈썹 사이에 위치한 이 눈은 반쯤 감고 있
는 듯한 불상의 눈동자보다 훨씬 크면서도 표정이 없었다.

정면을 보는 듯 무심하게 그려진 눈동자가 현중의 시선을
가장 잡아끄는 것이다.

먼 곳을 보는 듯한 멍한 눈동자, 그리다 만 것이 아니라 일부러 그렇게 그린 듯했다. 조각상의 양쪽 눈은 화가 난 표정을 너무나 잘 담아냈는 데 반해 멍한 듯 먼 산을 보는 듯 무심한 눈동자는 아무래도 눈에 띌 수밖에 없었다.

"뭘까. 이게 힌트라고 했는데……."

베리얼의 등장에 잠시 조각상에 대해서 물어본다는 것조차 잊어버렸던 현중은 뒤늦게 조금이라도 물어볼 걸 하며 후회했지만 이제 와서 다시 베리얼을 찾아갈 생각은 없었다.

적의 적은 아군일 뿐이지 친구는 아니니 말이다.

─음…….

테른도 현중이 유독 조각상의 눈에 집중하는 모습을 보고는 유심하게 바라보는 듯했지만 결국 아는 게 없었다.

그때,

띠리리리!

"응?"

현중의 휴대전화가 울었다.

현중의 휴대전화는 거의 연례행사로 운다. 그에게 연락할 사람이 별로 없기 때문이다.

그래서 한동안 무슨 소리인가 인지하지 못하다가 자신의 것임을 뒤늦게 알고 꺼냈다. 마리아였다.

"여보세요."

"…그래요? 아, 그렇군요."

"그럼 만나서 이야기하죠."

띠릭~

현중은 휴대전화를 끊고는 씁쓸하게 웃었다.

"테른."

―네, 마스터.

조각상을 유심히 바라보던 테른은 현중이 부르는 소리에 고개를 돌렸다.

"라이슨이 기적적으로 살아났다는구만."

―…….

현중이 하는 말이 뭔지 대충 알고 있는 테른은 표정이 잠시 굳었다가 곧 평상시로 돌아왔다.

그 모습을 본 현중은 씨익 웃으면서,

"똑똑하니까 알아서 판단하리라 믿는다."

현중이 자리에서 일어서면서 테른의 어깨를 슬쩍 두드렸다.

토닥토닥.

―네.

테른은 말끝을 흘리듯 대답했다.

현중도 손바닥 뒤집듯 마음을 정리할 수 없다는 걸 잘 알기에 모른 체하고 우선은 테른에게 맡기기로 했다.

그리고 옷장으로 간 현중은 적당한 외출복으로 갈아입었다. 하지만 기껏 갈아입은 옷이 깨끗한 청바지에 깨끗한 티셔츠가 전부였다. 어차피 현중에게 옷이란 벗고 다니지만 않으면 되고 깨끗하면 된다는 사고방식이니 어쩔 수 없었다.

그나마 지금 현중이 입고 있는 티셔츠와 청바지조차도 마리아가 일부러 준비한 것으로 한 벌당 100만 원을 호가하는 티셔츠와 청바지이지만 현중이 그런 걸 알 리가 없었다.

물론 알았다고 해도 달라질 건 없지만 말이다.

"데이비드에게 간다."

―알겠습니다.

"그것도 챙겨라."

현중은 흘리듯 말했지만 테른은 재빨리 탁자 위에 눈이 세 개 달린 조각상을 집어 들어 자신의 아공간에 집어넣으려고 했다.

치치익!!

―……!!

그런데 아공간의 입구에 조각상이 다가가자 강한 스파크와 함께 튕겨져 나왔다.

탕탕, 떼구루루.

바닥에 제법 강하게 떨어진 소리가 들림과 동시에 굴러가는 소리가 들렸다.

"……?"

현중도 그 모습을 봤다.

그리고 손이 저린지 조각상을 집었던 손목을 움켜잡고 있는 테른을 대신해 떨어진 조각상의 곁으로 다가가 집어 들었다.

"……"

아무리 살펴봐도 별다를 게 없었다.

아니, 약간 다른 게 있다면 조각상의 바닥 머리 부분에 약간이지만 검게 그을린 듯한 자국이 있긴 했다.

하지만 그것도 현중이 손가락으로 슬쩍 문지르자 자국이 사라져 버렸다.

"뭐지? 스파크라니……"

현중은 조각상에서 그 어떠한 신성력이나 특별한 힘을 느낄 수가 없었다.

아무리 봐도 보통의 나무로 만든 조각상인 것이다. 물론 손때가 잔뜩 묻어 있고 만들어진 지 오래되어 보이긴 했지만 일반적으로 절에 가면 쉽게 볼 수 있고 관광지에서 많이 파는 그런 나무로 만들어진 조각상일 뿐이었다.

그런데 테른의 아공간에서 튕겨져 나왔다.

테른은 손목에 충격을 받았는지 잠시 조각상을 쥐었던 손목을 잡고 바로 움직이지 못하고 있다.

"…혹시?"

현중은 혹시나 하는 마음에 테른의 가슴에 조각상을 다시 가져가서 슬쩍 밀어 넣었다.

파지직!!

탕탕, 떼구루루.

역시나 강한 스파크와 함께 미끄러지듯 현중의 손을 벗어나 바닥으로 떨어지는 조각상이다. 다만 테른과 다른 점이 있다면 현중은 전혀 상처나 충격을 받은 게 없다는 것이다.

볼수록 조각상이 이상하다는 생각을 하면서도 우선 나가야 하기에 현중이 조각상을 챙겼다.

"별일이군."

말로는 대수롭지 않게 말하지만 현중은 조각상을 방에 놔두기는 그래서 자신의 주머니에 넣었다. 하지만 곧 다시 빼내버렸다.

슬쩍 거울을 보니 주머니가 볼록하니 튀어나와 아무리 패션에 둔감한 현중이 봐도 이상한 모습이고, 주머니에 뭐가 있다고 광고하는 꼴이다.

"이걸 어쩐다."

—마스터, 그냥 제가 가방에 보관하겠습니다. 제 아공간은 안 되지만 가방은 상관없을 것 같습니다.

테른은 이제야 손목의 충격에서 벗어났는지 잠시 손을 털고 나서 현중에게 말하고는 조각상을 받아서 평소에 가지고 다니지만 거의 쓰지 않던 작은 가방에 넣었다.

쏙.

너무나 쉽게 들어가 버리는 조각상의 모습에 현중은 고개를 갸웃거리다가 나중에 알아보기로 하고 방을 나섰다.

테른도 그런 현중을 뒤따라가듯 현중의 그림자 속으로 사라져 버렸다.

* * *

"운이 좋았다고 해야 할까, 아니면 기적이라고 해야 할까요?"

마리아는 라이슨이 갑자기 깨어났다는 말을 듣고는 하던 일을 멈추고 병원으로 달려가서 직접 확인하고서야 믿을 수 있었다.

완전히 사망 선고를 받고 시체들을 잠시 보관하는 곳에 있던 라이슨이 자기 발로 걸어 나와서 간호사를 찾았다는 말은 거의 병원에서는 하나의 커다란 이슈거리였다.

이미 라이슨이 결투 중에 불의의 사고로 사망했다고 언론에서 대서특필을 한 상태였는데 그 기사가 나간 지 하루 만에 기적의 생환이라는 제목으로 또다시 영국을 들썩이게 만든 라이슨이었다.

　사실 마리아는 라이슨의 사망으로 인해서 귀족파의 움직임이 어떻게 돌변할지 몰라 신경을 곤두세우고 있던 중에 기적적으로 되살아난 라이슨으로 인해 한숨 돌린 상황이었다.

　하지만 마리아는 어두운 표정으로 라이슨을 마주한 채 잠시 우물우물 망설이다가 결국 라이슨을 바라보면서,

　"깨어난 지 얼마 되지 않았지만 우선 알려 드려야 할 것 같아서 말할게요. 부친인 피터 할로워 공작의 소식이 끊어졌어요."

　"…그래요?"

　마리아는 나름 충격을 받을까 봐 고민하다가 한 말인데 라이슨은 오히려 별다른 반응이 없었다. 마치 남의 집 이야기를 듣는 듯 무심한 표정이다.

　'아직 깨어난 지 얼마 되지 않아서 그런가?'

　마리아는 라이슨과 피터의 돈독한 관계를 알기에 이런 라이슨의 반응이 너무나 의외였다. 사실 너무나 돈독한 부자간의 관계를 알기에 충격 받을까 봐 고민했던 것인데, 오히려 지금 라이슨의 반응을 보면 그런 고민을 한 자체가 허무하게 느껴질 만큼 무심하다.

　거기다 이상하게 라이슨을 정면에서 바라보면 자신도 모르게 몸의 감각이 바짝 긴장하는 느낌도 받았다.

마치 전쟁터에서 출전을 앞두고 긴장했을 때의 느낌이랄까? 이곳은 병원이고 상대는 방금 죽었다 깨어난 라이슨이라는 것을 생각하면 이런 느낌이 드는 게 너무나 이상했지만 좀처럼 마음대로 제어가 되지 않았다.

"우선 저희가 전력을 쏟아부어서 찾아보고 있으니까 걱정하지 말아요."

"알겠습니다."

"그보다 소개를 해야겠죠?"

자신이 먼저 알려야 할 정보를 알린 다음 한발 물러서더니 데이비드를, 그리고 현중을 소개했다.

간단하게 여왕으로부터 명예 작위를 받은 사람이라고 소개했다.

그런데 현중과 라이슨이 서로 눈을 마주치더니,

씨익~

현중이 마치 아는 사람을 만난 듯 별말 없이 웃었고, 라이슨도 그런 현중의 웃음에 대답하듯 씨익 웃는 걸로 인사를 대신했다.

그런 둘의 모습을 바라보던 마리아는,

'둘이 아는 사이인가? 설마……. 파티장에서는 전혀 모르는 눈치였는데.'

궁금증이 들긴 했지만 우선 소개를 했으니 마리아는 이쯤에서 빠질 생각이었다.

본래 데이비드 혼자 와야 했지만 데이비드가 극구 현중과 같이 가겠다고 해서 여왕이 직접 현중과 같이 가서 살펴보라는 명령까지 내린 상황이라 마리아도 어쩔 수 없이 현중에게 연락했다.

물론 현중은 오히려 연락해 준 마리아에게 고마워해야 하지만 말이다.

"그럼 전 이만 바빠서 먼저 가볼게요."

마리아가 일어서자 라이슨은 가벼운 목례로 인사를 대신했고, 데이비드는 마리아와 함께 나갔다. 말로는 배웅이라고 하지만 데이비드는 라이슨과 직접 대면하는 걸 껄끄러워하는 눈치였다.

다들 그런 데이비드의 모습에,

'소심한 녀석.'

하며 한숨을 쉬었다.

아무리 정당한 대결이었다고 해도 자신이 단 한 번의 공격으로 죽인 사람을, 그리고 하루 만에 다시 살아난 사람을 아무렇지 않게 마주할 수 있을 만큼 데이비드가 수양이 깊지 않은 게 문제이긴 했다.

현중은 그런 데이비드를 보면서,

'괜히… 마나를 열어줬군.'

현중이 원하는 방향으로 데이비드가 가지 않고 계속 조금씩 엇나가는 모습을 지켜본 현중은 고개를 흔들면서 한숨을 내쉬었다.

[왜, 제자인가 보지?]

모두가 병실을 나가자 라이슨이 본래의 목소리로 현중에게 물었다. 갑자기 현중의 눈동자가 날카롭게 변하더니 라이슨을 똑바로 바라봤다.

"내가 저런 녀석을 제자로 들일 걸로 보이나?"

필요 이상으로 과잉 반응을 보이는 현중이었지만 라이슨은 씨익 웃으면서,

[하긴 저런 허접한 녀석을 제자로 들인다면 먼저 간 제자가 저승에서 울겠군.]

쏴아아아악!!

일부러 놀리듯 말하는 라이슨, 아니, 베리얼의 말이 끝나기가 무섭게 현중의 몸에서 마나와 함께 살기가 폭사되어 나오더니 순식간에 병실 안을 살기로 가득 채워 버렸다.

"장난 치고 싶다면 상대를 잘못 골랐군, 베리얼."

낮게 깔린 듯한 중저음의 목소리로 현중이 베리얼을 똑바로 노려보면서 말하자,

으쓱~

어깨를 들썩인 베리얼은 전혀 아무렇지 않다는 듯,

[그래도 감사하라고. 내가 인간 중에 기억하는 녀석 1위는 바로 현중 너고, 2위가 바로 너의 제자니까 말이야.]

마치 기억해 주는 것조차 감사하라는 듯 거만하게 말하는 베리얼의 행동에 현중은 눈빛만으로도 살인을 한다면 이미 베리얼의 몸은 갈가리 찢어졌을 만큼 무섭게 노려봤다.

하지만 그것도 그리 오래가지는 못했다.

좋든 싫든 베리얼은 적이 아니었으니 굳이 힘을 소비할 필요 없는 것이다.

"기껏 생각한 게 죽은 놈 되살아난 행세하는 건가?"

현중도 기다렸다는 듯 비아냥거렸다. 하지만 베리얼은,

[멀쩡한 얼굴에 적당한 귀족인데 즐겨야지. 크크크큭, 때를 기다리면서 말이야.]

"팔자 좋군."

[원래 난 마왕 시절에도 이랬거든. 뭐, 데스 나이트로 다시 태어났다고 해도 나는 나니까 말이야.]

어떻게 보면 저런 베리얼의 넉살 좋은 성격이 지금 데스 나이트가 되어도 변하지 않는 이유라고 할 수 있겠다.

하지만 상대해야 되는 현중은 배알이 뒤틀려도 참아야만 하는 상황이 못마땅할 뿐이었다.

"그보다 묻고 싶은 게 있다, 베리얼."

[오~ 천하의 현중이 나에게 도움을 구하다니… 좋은데,

그래?]

"장난 칠 기분 아니다."

능청스럽게 대답하는 베리얼에게 날카롭게 한마디 했지만 이미 먹혀들 거라고는 현중도 생각하지 않았다.

[말해봐. 어차피 그분의 명령으로 너를 도와서 카일라제를 상대하려고 왔으니 얼마든지 도와줘야지. 안 그런가?]

"……"

현중은 베리얼의 능청스런 모습에 끓어오르는 화를 진정시키면서,

"나에게 주었던 조각상, 그거 뭐지?"

[아, 그거 말이야? 힌트라고 말했을 텐데 듣지 못했나?]

"들었다. 그 힌트라는 게 뭔지 알려달라는 거다."

딱딱한 현중의 말투에도 베리얼은 웃는 얼굴로,

[음, 나도 그분의 명령으로 너에게 준 거라서 말이야. 다만…….]

슬쩍 말꼬리를 흘리는 베리얼의 행동에 현중은 미간을 찡그렸다.

베리얼은 사람 놀리기 좋아하고 은근히 상대의 약점이나 필요한 것을 무기로 삼아 즐기는 성격이다.

[크크큭, 그 조각상에 그려진 신의 이름은 삼지안이라고 하더군.]

"삼지… 안?"

현중도 처음 들어보는 신의 이름이다. 물론 신의 종류야 많기에 현중이 모든 신을 알 수는 없지만 삼지안이라는 이름을 가진 신은 결단코 처음이다.

[내가 들은 게 맞는다면 삼지안 바로나라고 하더군.]

"…삼지안 바로나."

현중이 이름을 듣고 생각에 빠진 듯 보이자 베리얼은 그런 현중의 모습을 즐기듯 입을 다물고 싱글거렸다.

도대체 뭐가 그리 좋은지 매우 기분이 좋아 보였지만 그 이유는 알 수 없었다.

그렇게 잠시 몇 분 동안 생각하던 현중은 자리에서 일어나더니,

"신세 졌군."

고맙다는 말을 슬쩍 돌려 말하는 현중이다.

분명히 아군이긴 하지만 고맙다고 말하기는 싫은 사람이기에 어쩔 수 없이 슬쩍 돌려 말한 것이다.

하지만 베리얼은 그것도 기분이 좋은지,

[천만의 말씀~]

"그럼 이만."

딱딱하게 인사를 마친 현중은 병실에서 사라져 버렸다.

하지만 그렇게 사라진 현중을 바라본 베리얼의 눈가엔 웃

음이 그치질 않았다.

[부지런히 고민하고 생각해야 할 거야. 카일라제 그년이 올 날이 얼마 남지 않았으니까. 그나저나… 설마 그분께서 나를 칼받이 시키려고 보낸 것은 아니겠지?]

베리얼은 다시 태어나고 마족이 아닌 데스 나이트이지만 나름 만족했다. 이미 마족 생활을 질릴 대로 해봤기에 새로운 힘과 삶도 그리 싫진 않았기 때문이다.

하필 카일라제를 상대로 싸워야 하는 상황으로 보내진 것이 조금 못마땅할 뿐이지만 뭐 그리 깊이 생각하지는 않았다.

어차피 데스 나이트로 다시 태어난 이상 계약자이자 자신을 이곳으로 보낸 그분이 마음먹기에 따라 좌지우지되는 꼭두각시 인형에 불과하니 말이다.

하지만,

[저 녀석 대신… 카일라제의 칼받이가 되는 것은 사양하고 싶은데… 쩝.]

한번 현중의 손에 소멸당한 기억 때문인지 왠지 그것만은 싫은 베리얼이었다.

드르륵.

"응?"

모두가 떠나고 나서야 다시 병실로 들어온 데이비드는 현중도 사라지고 없자 표정이 눈에 띄게 찡그려지더니 베리얼

에게 다가가서는,

"미안했다. 고의가 아니었다."

책 읽듯 사과의 말을 했다.

"뭐 상관없어. 내 잘못도 있으니."

"그래, 알았다. 그럼."

뭔가에 쫓기듯 병실을 나가 버리는 데이비드를 보면서 베리얼은 자신에게 말했다.

[이 몸의 원래 주인이란 녀석, 어지간히도 못난 놈이었나 보군. 겨우 저따위 녀석에게 못 이겨서 한이 맺히다니 말이야.]

베리얼이 보기에 데이비드는 자신이 본 인간들 중에서도 소인배에 속했다.

속이 좁으면서 자신의 생각을 무조건 옳다고 우기는 녀석들 말이다.

하지만 웃기게도 그런 녀석들은 이상하리만큼 가문이 좋거나 귀족이거나 돈이 많은 집안에서 태어나는 게 대부분이다.

물론 현재 베리얼이 차지하고 있는 몸의 원래 주인인 라이슨 할로워도 데이비드보다 더 속이 좁고 아둔하며 생각이 짧은 놈이긴 했다. 뭐, 이미 죽어버린 녀석이지만 말이다.

                    *   *   *

"삼지안 바로나……."

현중은 다시 자신의 방으로 돌아와 탁자에 조각상을 올려 놓고 중얼거렸다.

뭔가 아주 중요한 힌트일 것 같다는 느낌 때문에 도저히 그냥 넘길 수가 없었다.

지금까지 현중은 뭔가 이상하리만큼 신경이 쓰이거나 시선을 사로잡는 것이 있으면 결코 단순하게 보지 않았다.

경험상 꼭 뭔가 중요한 역할을 한 적이 많기 때문이다.

실제로 이건 현중이 태어날 때부터 가진 하나의 직감으로 현중의 부모님이 죽는 날에도 이상하게 밖으로 나가는 부모님을 말리고 싶은 충동에 사로잡혀 있었다.

하지만 아무리 자식이라도 느낌이 그렇다고 하루 종일 집에만 붙어 있을 부모는 없는 법이다.

결과적으로 그날 현중의 부모님은 모두 사망했다. 현중만 남긴 채 말이다.

그때부터였다. 현중이 자신의 직감에 뭔가 이거다 싶으면 결코 포기하지 않고 끝까지 파고드는 성격으로 바뀐 것이 말이다.

그리고 지금 그 직감이 말하고 있었다.

'이건 중요해. 꼭 풀어야 해.'

라고 계속 머릿속에 속삭이고 있는 것이다.

테른도 처음에는 현중이 관심 있어하고 베리얼이 줬다고 해서 관심을 보이긴 했다. 하지만 현중이 너무 집중하는 모습에 고개를 갸웃거리면서 결국 다시 검색을 하기 시작했다.

그나마 이번에는 그냥 조각상이 아니라 이름이라도 알고 있으니 말이다.

그렇지만 결과는 첫 번째와 다를 게 없었다.

아무것도 나오지 않고 이상한 검색어만 나왔다. 심지어 성인물까지 나왔다.

인터넷이란 정보의 양으로 보면 엄청나지만 이렇게 검색해서 원하는 정보 찾기는 그만큼 더 힘들기도 했다.

스윽스윽.

그래도 현중이 저렇게 집중하는 모습을 지켜봐야 하는 테른은 조금이라도 도움이 되고자 끝까지 모든 정보를 뒤지기 시작했다.

그러다가 우연히 미스터리 클럽이라는 사이트까지 흘러가게 되었다.

―……?

여러 가지 미스터리한 이야기나 신화, 설화 등을 다루고 알려주는 사이트로 오컬트의 성향이 강한 사람들이 좋아할 만한 사이트였다.

제법 일일 방문자 숫자도 많은 것이 은근히 인기 있는 사이트인 듯했다.

―검색을… 막아놨군.

테른은 정말 우연히 미스터리 클럽까지 흘러갔지만 클럽에 들어오고 나서야 왜 지금까지 자신이 이런 정보를 찾지 못했는지 이해를 했다.

클럽 사이트에서 검색을 막아버린 것이다.

마치 자신들만 공유하고 소통하겠다는 성격을 그대로 보여주듯 말이다.

물론 여기에 테른이 찾는 정보가 있을지는 모르지만 그래도 약간에 희망을 가지고 클럽을 세심하게 뒤지기 시작했다.

스윽스윽.

너무나 방대한 자료에 테른도 한참이나 뒤지고 또 뒤지다가 정말 가장 밑바닥에서 이상한 것을 찾게 되었다.

―신안? 영안?

토속신앙이라는 카테고리가 따로 있어서 뒤지다가 보니 눈을 가리키는 메뉴가 있었다.

호기심이 생겨서 들어가 보니, 그들이 찾는 종류는 아니지만 비슷한 정보를 발견할 수 있었다.

―마스터.

"응?"

현중은 조각상만 뚫어져라 쳐다보다가 테른이 부르는 소리에 고개를 들자,

―이게 도움이 될지도 모르겠습니다.

"…응?"

테른은 자신이 검색하던 W패드2를 현중 눈앞에 내밀었다. 현중이 가장 먼저 눈에 들어온 글자를 읽었다.

"영안(靈眼)? 신안(神眼)?"

―거기 설명을 한번 보시면 도움이 될 겁니다.

테른은 굳이 설명보다 직접 보는 게 더욱 도움이 될 것 같기에 읽어보기를 권하였다. 테른이 이렇게까지 권하니 현중도 한 번 읽어보기로 하였는데, 내용은 예상외로 아주 흥미로웠다.

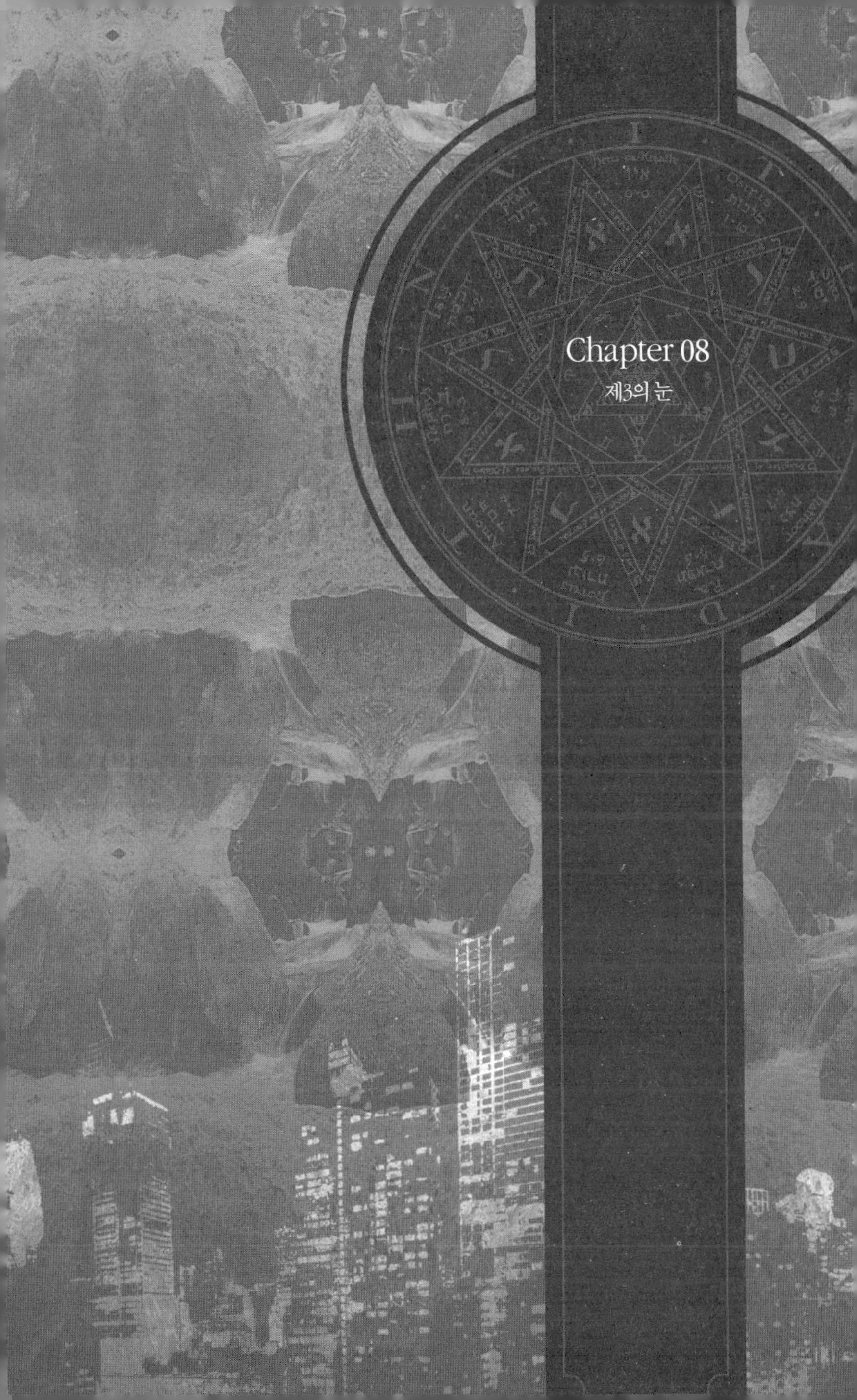
Chapter 08
제3의 눈

수천 년 동안 동서의 철학자나 수행자들은 영계를 볼 수 있는 '제3의 눈'이 존재한다고 주장해 왔다고 쓰여 있었다.

1562년에 나온 산스크리트 경전을 보면 이것에 관한 표현이 나오는데, '천상의 지식을 부여하는 이 눈은 여러 개의 태양이 동시에 비추는 것과 같이 휘황찬란하다'고 하였고, 이런 제3의 눈은 물리적으로 찾을 수 있는 것이 아니라 하였다. 그러나 뇌의 한 부분과 연결되어 있는 것은 사실이다.

이 뇌와 연결된 부위를 송과선이라고 하며, 송과선은 콩만한 크기로 솔방울 모양을 하고 있다고 했다. 색은 회백색을 띠고 있으며 두개골 한복판에 깊숙이 묻혀 있다고 쓰여 있었다.

"흠, 제3의 눈이라……."

현중에게는 어느 정도 도움이 되긴 했다. 그런데 바로 아래 내용은 더욱 흥미를 끌었다.

영계를 볼 수 있는 제3의 눈은 양미간(인당)에 위치하고 있고, 이곳과 연결된 부위가 바로 위에서 말한 송과선이라고 쓰여 있었다.

그래서 티베트 불교에서는 오래전부터 이곳을 자극하여 제3의 눈을 여는 방법을 써왔다. 그러나 물리적으로 자극한다고 열리는 것이 아니기에 이곳의 변화를 영적으로 끌어낼 끈기가 필수였고, 또 하나 이끌어줄 선도자가 필요하다고 쓰여 있었다.

실제로 제3의 눈은 영안, 또는 신안이라는 말로도 불리고 귀신을 보는 눈이라는 뜻을 가지고 있지만 귀신뿐만이 아니라 영계 전체를 볼 수 있는 능력을 말하는 통칭으로 사용되기도 한다고 쓰여 있었다.

글을 읽던 현중이 슬쩍 조각상을 보니 조각상의 눈이 정확하게 양쪽 미간 사이에 위치하고 있었다.

"…같군."

그 외도 여러 가지 설명이 있고 말이 많지만 거의가 귀신에 관한 것이었다. 무속인들이 말하는 귀신을 보는 눈이 아마 저 것일 거라고 현중은 생각하는 도중에, 문득 혈이라는 문장에 끌렸다.

제3의 눈을 여는데 여러 가지가 있는데, 그중 시간은 느리지만 가장 안전하고 부작용이 없는 방법으로 인간의 혈을 자극하여 내공으로 여는 방법이 있다고 쓰여 있었다.

소주천이라던가, 옥침혈 등 여러 가지 말이 나왔지만 현중에게는 그리 와 닿는 게 없었다.

어차피 현중은 현재 일반적인 혈이나 급소가 거의 무용지물이 된 몸이다. 몸 전체가 하나의 단전이니 혈이나 급소 같은 게 남아 있을 리가 없으니 말이다.

하지만 제법 괜찮은 정보였다.

그리고 마지막으로 현중이 기다리던 신화가 쓰여 있었다.

그 내용을 살펴보면 과거 신들 중에 가장 약한 신이 있었다고 한다. 그런데 그 신은 너무나도 힘이 약해서 다른 신들에게 업신여김을 당하고 구박을 당하는 게 하루 일과였다고 한다.

하지만 본래 힘이 약하게 태어난 신은 어떻게 해볼 수가 없었다고 했다.

그러다 신들의 어머니께서 그런 약한 신을 가엾게 여기시어 하나의 선물을 주었는데 그게 바로 제3의 눈이었다.

제3의 눈을 뜬 신은 그때부터 전혀 약하지 않게 되었다고
한다.

너무나 강해서 다른 신들이 그 신만 보면 오히려 덜덜 떨면
서 숨어 다녔다고 하는 전설이 전해지는데, 그 신은 또한 미
래를 보는 능력을 받았다고 했다.

"미… 래!!"

현중은 마지막 글을 읽고 나서 천천히 삼지안 바로나 조각
상을 바라보고는 왜 가운데 눈동자만 표정이 없이 먼 산을 보
듯 공허한지 이해가 되기 시작했다.

일반적인 눈은 현재를 본다. 아니, 바로 눈앞을 보는 게 맞
았다. 현재의 시간을 보는 게 일반적인 눈이다.

하지만 삼지안 바로나 조각상의 가운데 눈은 먼 곳을 보고
있었다.

그리고 그게 뭘 뜻하는지 이해가 되었는데, 바로 미래를 보
는 것이다.

아직 일어나지 않은 일을 볼 수 있고, 앞으로 일어날 일을
알 수 있기에 가운데 눈은 화가 난 표정과 달리 너무나 이질
적으로 무표정에 공허한 느낌을 현중에게 전해주었던 것이
다.

"미래를 보는 눈을 가진 신이라……."

막상 삼지안 바로나에 대해서 어느 정도 풀이를 했지만 도

무지 이게 뭘 뜻하는지는 이해가 가지 않았다.

"설마……."

현중이 불현듯 생각난 것을 혼잣말로 하려는데,

─마스터, 눈을 세 개 가진 인간은 현재 없습니다.

테른이 먼저 대답해 버렸다.

"그래?"

─방금 MI─6에 접속해서 정보를 알아본 결과 그런 사람은 없습니다.

"…잠깐."

현중은 테른의 말을 듣다가 뭔가 이상하다는 느낌에 테른을 바라보았다.

"이건 왜 인터넷 검색을 하고 방금 사람 검색은 MI─6를 통한 거지?"

누가 봐도 MI─6를 통해서 알아보는 게 정확하고 빠르기 때문이다. 그건 현중도 마찬가지로 생각했다. 그런데 테른은 오히려 당연하다는 듯,

─정보기관은 오컬트는 다루지 않습니다.

"하긴……."

확인되지 않은 정보의 대표적인 것이 오컬트였고, 거의 허무맹랑한 이야기가 대부분인 것을 생각하면 정보기관에서 오컬트에 대한 정보를 가지고 있다는 것도 조금은 이상하긴

했다.

다른 여러 가지 중요 정보도 많을 텐데 굳이 오컬트를 수집해서 보관하고 있을 이유가 없으니 말이다.

"오히려 더 답답하네."

삼지안 바로나의 가운데 눈을 몰랐을 때는 몰라서 답답했다. 하지만 그 눈이 미래를 보는 능력을 가진 눈이라는 것을 알고 났더니, 오히려 답답함은 더 커지는 현중이었다.

거기다 덤으로 뭔가 찜찜하다고 해야 할까? 뭔가 잊어버린 것이 있는 것 같은 느낌까지 더해서 말이다.

마치 화장실 갔다가 뒤를 안 닦고 나온 것 같은 느낌도 있고, 기억이 날 듯 말 듯 하면서도 기억이 나지 않는 것이 더욱 찜찜함을 더해주고 있었다.

"쩝."

뭐랄까, 파고들어 가면 갈수록 알 듯 모를 듯한 것이 사람 마음을 답답하게 했다. 현중은 삼지안 조각상에서 우선 시선을 돌렸다.

보고 있는다 하여 뭔가 해답이 튀어나오는 것도 아니니 말이다.

"잠시 쉴까."

사람이 생각을 오래해도 피곤해지는 법이다. 거기다 힌트라고는 조각상 하나뿐이고, 거의 추측과 느낌만으로 찾아야 하는 상황에는 그 피로도가 더욱 올라가는 것은 당연했다.

현중은 머리나 식힐 겸 조용히 눈을 감고 소파에 몸을 더욱 깊이 파묻었다. 하지만 역시나 눈앞에 삼지안 조각상이 가운데 눈이 계속 떠오를 뿐이다.

그때,

—마스터.

"왜?"

풀리지 않는 수수께끼 때문에 심드렁하게 현중이 대답하자,

—생각보다 빠르게 충돌이 일어났습니다.

"……?"

앞뒤 다 잘라먹고 충돌이 일어났다고 말하자 게슴츠레하게 눈을 뜬 현중이 테른을 바라보자,

—아르카임 스톤헨지에서 미군이 러시아군을 공격해서 지금 충돌이 일어나 제법 시끄러운 상태입니다.

"기다리던 소식이군."

현중에게는 기다리던 소식이지만 당사자인 러시아와 미국에게는 신경이 바짝 쓰이는 상황이었다.

상황은 조금 전으로 돌아가게 되는데 사실 오리하르콘을 먼저 발견한 건 러시아였다.

우연히 트럭이 부대 밖을 빠져나가다가 뭔가 걸려서 바퀴

가 튕겨 버렸다.

당연히 운전했던 운전병은 어떻게 된 건지 알아보기 위해 차에서 내려보니 튕겼던 바퀴가 찢어져서 완전 걸레가 되어 있었다.

물론 군용 트럭의 육중한 몸체가 튕겨서 멈출 정도면 바퀴가 찢어지는 것은 당연했지만 정작 그걸 수리해야 되는 운전병에게는 어지간히 짜증나는 일이 아닐 수가 없었다.

결국 시간 엄수라는 명령 때문에 서둘러 바퀴를 갈던 운전병은 화풀이라도 할 생각으로 바퀴를 이렇게 만든 돌부리를 향해 다가가 망치로 내려쳤다.

데에에에에에엥!

"……?"

생긴 게 돌이 별 생각 없이 부숴 버릴 생각으로 힘껏 내려쳤는데, 응당 들려야 할 부서지는 소리가 아니라 마치 커다란 종을 친 듯한 깊고 낮은 소리가 땅을 타고 사방으로 퍼진 것이다.

뭔가 이상하다는 것을 느낀 운전병은 곧바로 보고했다.

그 결과, 그것이 그들이 죽어라고 찾아다니던 오리하르콘임이 밝혀졌다.

당연히 군부대가 들썩였다.

그런데 바로 옆에 붙어서 같이 발굴하던 미군은 그 사실을

알자마자 마치 계획하기라도 한 듯 총부리를 겨누더니 무차
별 사격을 시작했다.

한 놈도 살려 보내지 않겠다고 다짐한 듯 말이다.

이미 테른의 패밀리어가 군부대를 24시간 감시하고 있는
상황이라 미군의 공격이 곧바로 테른에게 보고되었다.

"그럼 가볼까?"

현중은 슬쩍 일어섰다.

물론 현중이 원하는 상황이긴 하지만 결코 러시아가 일방
적으로 밀리는 상황이 벌어지면 안 되기에 중간에 개입하려
는 것이다.

외교 협상도 어느 정도 적당한 균형이 잡혀 있어야 되는 법
이다. 지금 미군이 러시아군을 몰살시키고 오리하르콘은 강
탈해 버리면 현중의 계획이 물거품이 된다.

거기다 덤으로 오리하르콘을 미군에 선물로 안겨주는 격
이기에 곧바로 움직이기로 했다.

"아주 작정을 했구만."

현중이 아르카임 스톤헨지에 도착해 보니 상황은 생각보
다 크게 번지고 있는 듯했다.

완전 작정하고 움직이는 미군과 함께 결사적으로 항전하
는 러시아군도 만만치 않아 보였다. 그놈의 오리하르콘이 뭔

지 모르지만 이미 주둔했던 군인들 반 이상이 죽어서 시체로 나뒹구는 모습이 현중의 눈살을 살짝 찌푸리게 만들었다.

"군인이란 참 불쌍하지. 명령 하나에 죽을 줄 알면서도 달려들어야 하니… 쯧쯧."

선제공격을 한 건 미군이었고, 처음에는 미군이 거의 승기를 잡는 듯했다. 그런데 잠깐 몇 분 사이에 현중이 왔을 때는 러시아군도 이런 미군의 뒤통수치기를 예상하고 있었는지 적당히 잘 막아주고 있었다.

거기다 시간이 갈수록 불리한 것은 바로 미군이었다.

"테른."

―네, 마스터.

"러시아 본대가 오기까지 몇 분 걸리지?"

그렇다. 여기는 바로 러시아 땅인 것이다. 그걸 미군도 알고 있기에 속전속결로 처리하려고 했지만 러시아도 바보가 아닌 이상 멍청하게 당하고만 있을 리 없었다.

거기다 아르카임 스톤헨지에서 그리 멀지 않은 곳에 러시아 본대가 이미 주둔하고 있는 상태였다.

그만큼 러시아는 오리하르콘에 엄청난 정성을 쏟고 있는 것이다.

미국에서 딴지를 걸어도 아무리 빨라야 다섯 시간 걸리는 거리에 있지만 러시아 땅에서 시간을 끌어봐야 미군에게 불리한 건 변함이 없었다.

―부대 전체가 움직이면 빨라봐야 네 시간 정도입니다. 그런데 러시아도 작정한 것 같습니다.

“……?”

―러시아가 자랑하는 공격용 헬기인 KA―50기종 다섯 대와 MI―28기종 두 대가 지금 출발한 상태입니다.

“크크큭, 똥줄이 탔나 보군.”

러시아가 자랑하는 공격용 헬기로 미국의 아파치에 해당하는 성능을 가지고 있었다.

거기다 KA―15과 MI―28은 성능이 거의 비슷해서 어떤 기종이 더 우세하다고 단정 짓기는 조금 애매했다. 거기다 한 국가에서 비슷한 성능을 가진 형식의 두 기종을 보유하는 경우는 드물었다.

왜냐하면 굳이 비슷한 성능의 무기를 개발할 필요가 없기 때문이다. 누가 봐도 돈 낭비로 보일 수밖에 없다.

하지만 속사정은 조금 달랐으니, KA―50은 러시아에서 사용하기 위해서 만든 것이었고, MI―28 기종은 수출을 목적으로 만든 기종이었다.

즉, 만드는 단계부터 서로 사용 목적이 완전히 달랐던 것이다. 하지만 세계적으로 한 대에 수십억 달러 하는 공격용 헬기를 구매하는 곳은 한정되어 있었고, 거기다 미국의 영향력에 밀려 의외로 판매가 그리 많이 이뤄지지 않다 보니 러시아에서 사용하는 경우도 더러 있었다.

두 대의 헬기를 구분하는 것은 의외로 쉬웠는데, KA-50은 헬기의 핵심인 로터가 이중으로 되어 있었고 MI-28은 로터가 분리형이라 외관만 봐도 금방 구분이 가능했다.

그렇기에 테른도 패밀리어가 보낸 영상을 보고 단번에 알아본 것이다.

"헬기면… 30분이면 오겠군."

―네.

"음, 기다릴까?"

전세가 러시아에 불리하다면 당연히 현중이 나서야겠지만 30분만 버티면 공격용 헬기가 도착해서 순식간에 전세를 뒤집을 수 있었다.

현중은 지금 상황에 자신이 굳이 개입할 필요가 없다고 생각하고 우선 기다려 보기로 했다.

어찌 되었든 전쟁이란 언제 어떻게 전세가 뒤집힐지 모르니까 혹시나 하는 생각에서 지켜보기로 한 것이다.

그런데 대략 5분 정도 지났을까?

속전속결로 러시아를 압박하던 미군 진영이 어수선해지기 시작했다.

지금 그들이 싸우고 있는 진영이 한눈에 내려다보이는 높은 위치에 있는 현중이기에 금방 알 수 있었다.

"뭐지?"

직접 러시아군과 대치하고 있는 남쪽이 아니라 전혀 상관 없는 미군 진영의 북쪽에서 막사가 부서지거나 총을 발포할 때 보이는 불꽃이 보이기 시작한 것이다. 하지만 조금 더 자세히 보니 상황을 금방 알 수 있었다.

"스페츠나츠가 움직였군."

러시아가 자랑하는 최강의 특수부대인 스페츠나츠가 움직인 것이다. 한때 알렉산드로가 몸담았던 부대이기도 한 곳으로, 지금은 알렉산드로가 자신의 딸을 치료하고 함께 있는 것에 거의 모든 시간을 사용하고 있기에 현중도 못 본 지 꽤 되었다.

"짝퉁 마스터들이 납시었군."

현중은 대검에 마나를 씌워서 총이고 뭐고 가로막는 것은 두부 썰 듯 썰어버리면서 미국 진영의 뒤쪽을 휘젓고 다니는 스페츠나츠를 보고는 싱긋 웃으면서 자리를 털고 일어섰다.

"자, 균형을 맞추러 가보실까?"

이대로 미군이 무너져도 안 되기 때문이다. 방금 미군도 아파치를 출발시켰다는 테른의 보고가 있었으니 아마 얼추 비슷한 시간에 양국이 자랑하는 공격용 헬기가 서로 마주할 가능성이 높았다.

그런데 아무리 짝퉁이지만 마나를 다루는 능력을 가진 스페츠나츠가 미군 뒤에서 난리를 치면 순식간에 전세가 뒤집히는 건 일도 아니기에 그전에 손을 봐야만 했다. 어찌 되었든 이번 전쟁은 현중이 원하는 대로 원하는 시점에서 끝나야 하기 때문에.

스르륵.

현중의 신형이 사라지는 것과 동시에,

덥석!

"컥!"

미군을 가지고 놀던 스페츠나츠 대원들이 하나씩 사라지기 시작했다.

덥썩!

"컥!"

"컥, 컥컥!"

낚시에 걸린 물고기가 물속에서 사라지듯 순식간에 사라져 버린 스페츠나츠 대원들은 자신의 목에 뭔가 걸렸다는 느낌이 드는 것과 동시에 주변의 환경이 일그러지는 것을 보는 특이한 경험을 했다.

시간이 느려지는 것 같으면서도 그 이상의 감각에 세상이 이대로 정지할지도 모른다는 느낌을 말이다.

화아악!

느려지던 시간이 갑자기 빠르게 흘러가면서 전혀 다른 풍경이 그들을 맞이했다.

방금 전까지만 해도 총알이 빗발치는 곳에서 신나게 뛰어다니다가 정신을 차려보니 허허벌판에 서 있는 자신을 본다면 누구라도 잠시 동안 공황상태에 빠지게 될 것이다.

후다닥!

거의 본능이었다.

군인은 역시 군인인 듯 빠르게 일어서더니 서로의 등을 맞대고 주변을 살펴보기에 여념이 없었다. 마치 금방이라도 무언가 튀어나올 것처럼 잔뜩 긴장한 채 말이다.

"헉헉! 이건… 도대체……."

이번 작전의 리더를 맡고 있는 바이하르는 풀 소리만 들리는 것을 확인하고서야 눈치껏 주변을 훑어보면서 부대원들이 무사한지 확인했다.

모두 이번 작전에 투입된 스페츠나츠는 열 명으로, 초인 계획에 자원해서 무려 1년을 훈련 받으면서 능력을 갈고닦은 대원들이다.

러시아 내에서도 이들의 존재는 극비에 속할 정도로 비밀에 싸여 있었고, 실제로 이들이 움직여서 해결하지 못한 작전이 없을 정도로 자부심도 대단했다.

짝퉁이라고 하지만 마나를 다루는 전문 특수부대원 열 명이면 웬만한 부대 하나 쓸어버리는 것은 어린애한테서 사탕 뺏는 것보다 쉬웠다.

이번 오리하르콘 탐사에도 이들은 비밀리에 잠복해 있으면서 때를 기다렸다.

이들이 받은 명령은 오직 하나, 오리하르콘이 발견되면 무조건 미군을 쓸어 버리는 것이었다.

즉, 미군이 공격하지 않았어도 이곳의 스페츠나츠 대원 열 명이 먼저 움직였을 거란 말인데, 미군이 알고 그랬는지 아니면 어쩌다 그렇게 된 건지 모르지만 결과적으로 미군을 신나게 쓸어버리는 와중에 갑자기 이렇게 되자 다들 당황할 수밖에 없었다.

"위치는?"

바이하르가 조용히 옆의 대원에게 묻자 대원은 자신의 손목에 있는 시계를 슬쩍 보더니 몇 번 만지기를 반복했다.

"작전 지점에서 20㎞ 떨어진 곳으로 판단됩니다."

대원의 손목에는 GPS를 통해 경도와 위도를 가장 오차가 적은 범위로 파악해서 알려주는 기능을 가진 시계가 있었다. 훈련을 받은 대원은 경도와 위도만 알아도 대충 거리를 추론할 수 있기 때문이다.

"다친 사람은?"

바이하르가 다시 물어보자 다들 서로 힐끔거리면서 정면

을 주시하면서도 빠르게 각자 자신과 양옆의 대원을 살폈다.

"없습니다."

다친 사람도 없고 무기도 그대로 있는 상황에 어째서 자신들이 이곳에 와 있는지 모르지만 해야 할 일은 정해져 있었다.

"이동한다."

작전 지역으로 다시 되돌아가는 것이다.

군인에게 명령은 목숨과도 같은 것. 무조건 다시 돌아가는 것밖에는 현재 방법이 없었다.

"포스를 최대한 사용하는 것을 허락한다."

바이하르의 허락이 떨어지자 대원들 모두 입가에 미소를 짓더니 몸 안의 마나를 활성화시키기 시작했다.

사실 이들은 자신의 능력을 어느 정도 자제하도록 명령을 받고 있었다.

즉, 어느 정도 힘을 숨겨야 나중에 살아날 확률이 높고, 이들이 움직인다면 거의 100% 목숨이 왔다 갔다 하는 지역이 대부분이기에 더욱 필요했다.

그런데 의외로 이들에게 총은 지급되지 않는다.

총은 오히려 감각을 떨어뜨리고 초인의 신체 활용성을 최대한 끌어내지 못하는 무기라고 판단하기 때문이다. 실제로 세계에서 인정받은 마스터들은 모두 총을 사용하지 않는 공통점이 있었다.

그러다 보니 군인에게 익숙한 대검을 사용하게 된 것이다.

거기다 이들은 일반적으로 특수부대원들이 가지고 다니는 군장조차 없었다. 왜냐하면 무슨 작전이든 하루 이상을 지체해 본 적이 없기에 아예 군장도 버리고 다니고 있었다.

대신 첨단 장치로 무장해서 개개인이 러시아의 비밀 무기이기에 어디에 있든 찾아낼 수 있게 개인마다 신호 추적 장치는 필수로 가지고 있었다.

타타타타타타!!

바이하르가 먼저 움직이자 대원 모두 마나를 최대한 활용해서 빠르게 움직이기 시작했다. 마치 자동차가 초원을 가로지르는 것 같은 빠르기로 움직였다. 하지만 그것도 잠시일 뿐.

꽈악!

바이하르의 오른손 주먹이 번쩍 올라가면서 주먹을 꽉 쥐자 쏘아진 화살처럼 달리던 대원 모두가 일제히 그 자리에 멈춰 섰다.

자동차도 빠르게 달리다가 갑자기 멈추면 미끄러지게 마련이다. 하지만 이들에게는 이미 그런 물리법칙을 가볍게 무시할 만큼 마나가 있었고, 수많은 훈련으로 마나를 활용할 줄 알기에 가능한 기술이었다.

알렉산드로가 마스터가 되는 수술을 받고 활동할 때와는 천지차이로 발전한 결과였다.

체계적이고 확실한 데이터를 가지고 있기에 1년이라는 시간을 투자한 만큼 확실한 전투 병기를 만들어낸 러시아인 것이다.

그중에서 특히 중점을 두고 훈련한 것이 있는데, 그건 바로 직감 훈련이었다.

마스터들은 거의 레이더 수준의 직감을 가지고 있다는 연구결과가 있다.

그것은 과학적으로도 설명이 불가능한 영역이었으나, 최악의 상황을 가장 빠르게 탐지할 수 있는 방법임은 누구나 인정했다.

그렇기에 당연히 이들도 훈련을 했다.

그리고 그 훈련으로 단련된 직감이 지금 바이하르에게 멈추라고 명령하고 있는 것이다.

"뭔가 있다."

바이하르가 조용하게 말하자 대원들 모두 대검에 마나를 살짝 흘려보내면서 기습에 대비했다.

찌르르, 찌르르.

숨을 죽인 채 주변을 살피는 대원들의 귀에는 오로지 풀벌레 소리만 계속 들려올 만큼 고요하기만 했다.

하지만 그와 반대로 바이하르의 직감은 계속 위험하다고 경고를 보내는 중이었다.

바이하르뿐만이 아니라 다른 대원들도 모두 자신의 직감이 경고를 보내는 것을 느끼고 있었다.

“······.”

바이하르는 아직 자신들을 이렇게까지 위협하는 존재를 만난 적이 없기에 약간은 당황하면서도 훈련 상황에도 없는 상황 때문에 고민 중이었다.

이들을 이끄는 바이하르의 판단 하나로 인해 전원의 생사가 걸린 것이다.

다른 대원들도 모두 바이하르의 명령을 기다리고만 있을 뿐이다.

이대로 계속 기다린다는 것은 누가 봐도 시간낭비였다.

직감은 위험하다고 하지만 눈에 보이는 것도 없고 겉으로 보기에는 위험한 요소가 하나도 없는 모습에 몇 번을 고민하던 바이하르는 결국,

“다시 움직인다.”

움직이기로 결정했다.

그리고 바이하르가 뛰어가기 위해 몸을 숙이고 몸이 튕기듯 앞으로 쏘아져 나가는 순간,

퍽!

둔탁한 소리와 함께 바이하르의 몸이 허공을 날아 뒤로 날아가 버렸다.

"……!!"

대원들은 갑작스럽게 공격당한 바이하르의 모습에 튕기듯 뒤로 물러났다.

사사사사삭!!

풀을 헤치는 소리가 요란하게 울렸고, 바이하르를 제외한 아홉 명의 대원이 서둘러 뒤로 날려간 바이하르 곁으로 갔지만 대원들에게는 전혀 공격이 없었다.

"대장."

대원 하나가 급히 다가가 바이하르를 일으키면서 부르자,

"쿨럭."

낮은 기침을 내뱉고는 곧바로 정신을 차린 바이하르였다. 그리고 곧바로 주변을 보면서,

"누구 본 사람은?"

혹시나 자신이 공격당할 때 누군가 봤을지도 모른다는 생각에 묻는 것이다. 하지만 모든 대원이 고개를 흔들었다.

"크윽……."

바이하르는 곧바로 일어서면서 주변을 살폈지만 역시나 눈에 보이는 것은 전혀 없었다.

직감의 경고는 계속 빨간 등이 켜진 상태 그대로였다.

“난감하군.”

적이 있는 것은 확실하다.

그냥 직감만 느껴진다면 무시할 수도 있지만 바이하르 자신이 공격을 당해 나가떨어지기까지 했으니 적의 존재는 의심할 여지가 없었다.

그런데 전혀 보이지 않는다. 느껴지지도 않고 말이다.

“…플랜 C를 실행한다.”

바이하르는 지금 작전이 중요한 게 아니라 자신들의 생존이 먼저라는 판단을 내리고 명령했다.

대원들의 표정이 날카롭게 바뀌더니 바이하르를 중심으로 네 명이 뭉쳤고, 나머지 여섯 명은 각자 세 명씩 나뉘어 양쪽 날개 형태로 포지션을 바꿨다.

지금 이 작전은 후퇴할 때 자주 사용하는 것으로 적의 시선을 분산시키는 효과가 있고 혹시라도 모를 공격에 생존 확률을 높이는 효과도 있었다.

물론 지금까지 이렇듯 이들의 발목을 묶은 적이 없기에 실전에서 지금 처음 사용하는 작전이지만 망설임이 없었다.

“전진!”

바이하르가 외치면서 앞으로 쏘아져 나가자 같이 있던 세 명의 대원도 동시에 움직였다.

사사사삭!!

바이하르가 지면을 박차고 풀잎을 헤치면서 앞으로 나가자 1초 후 양쪽에 세 명씩 있던 녀석들이 갑자기 각각 오른쪽과 왼쪽으로 급히 쏘아져 나갔다.

그런데 그뿐이 아니라 쏘아져 나간 세 명은 거기서 또 흩어지더니 무려 여섯 방향으로 완전히 따로 움직였다.

즉, 이 작전은 바이하르를 포함한 네 명은 그대로 돌진해서 적의 시선과 발을 묶어두는 것이 1차 목표이고, 2차적으로는 양쪽에서 흩어진 대원들의 안전성을 높이는 데 목적이 있는 작전이었다.

실제로 바이하르가 움직이고 난 뒤에 움직인 시간차 때문인지 풀숲 속으로 여섯 명이 모두 모습을 감추기까지 아무런 낌새가 전혀 없었다.

"산개!"

이유는 모르지만 방금 전에 자신이 공격당했던 지점을 넘어섰는데도 아무런 반응이 없자 바이하르는 자신들도 이제 빠져나가기 위해 흩어졌다.

뭉쳐도 무적이지만 개개인이 흩어져도 절대 약하지 않다는 것을 알기에 할 수 있는 과감한 작전이 아닐 수 없었다.

실제로 일반적인 특수부대원들은 뭉쳐서 움직이는 게 대부분이었다.

각자 맡은 역할이 있고 아무리 훈련을 해도 체력적 한계가 있기 때문이다.

무엇보다 특수부대원들은 숫자의 한계가 가장 큰 약점이었다.

아무리 일당백이라는 능력을 가져도 결국은 혼자였다.

그렇기에 뭉칠수록 위험이 닥쳤을 때 헤쳐 나가는 능력이 올라가는 것이다.

하지만 마나를 다루는 특수부대원이라면 이야기가 달라진다.

일당백이 아니라 일당만이라는 공식이 성립되는 것이다.

그럼 오히려 뭉쳐서 다니는 게 적에게 한꺼번에 공격 받을 수 있는 약점으로 작용했다.

"성공이군."

바이하르는 완전히 까마득한 뒤에 남겨진 처음 공격받은 지점을 확인하고는 자신의 작전이 제대로 먹혔다고 생각했다.

열 명이 갑자기 뿔뿔이 흩어지면 누구라도 순간적으로 당황하게 되고 뭣부터 공격해야 할지 망설이게 된다.

그리고 그 아주 짧은 타이밍이 바로 이들의 생명을 구원해 주는 천금 같은 시간인 것이다.

사사삭!!

바이하르는 빠르게 마나를 활성화시키면서 늦어진 만큼

빠르게 복귀하기 위해 속도를 올렸다. 아무리 마나를 다루는 능력이라고 해도 개인차가 있게 마련이다.

바이하르가 가장 유능하고 탁월한 실력을 보였기에 대장으로 선택되었고, 실제로 가장 앞서 달리고 있었다.

"조금만 더 힘내라."

바이하르는 대원들을 독려하려는 듯 흘리듯 말을 하면서 계속 앞만 보고 달렸다.

이미 뿔뿔이 흩어져서 들리진 않겠지만 마치 자신에게 하는 듯 말한 바이하르의 발놀림은 더욱 빨라져만 갔다.

그런데 그렇게 몇 분을 달렸을까? 온몸에 소름이 갑자기 솟으면서 자신도 모르게 걸음을 멈춰야만 했다.

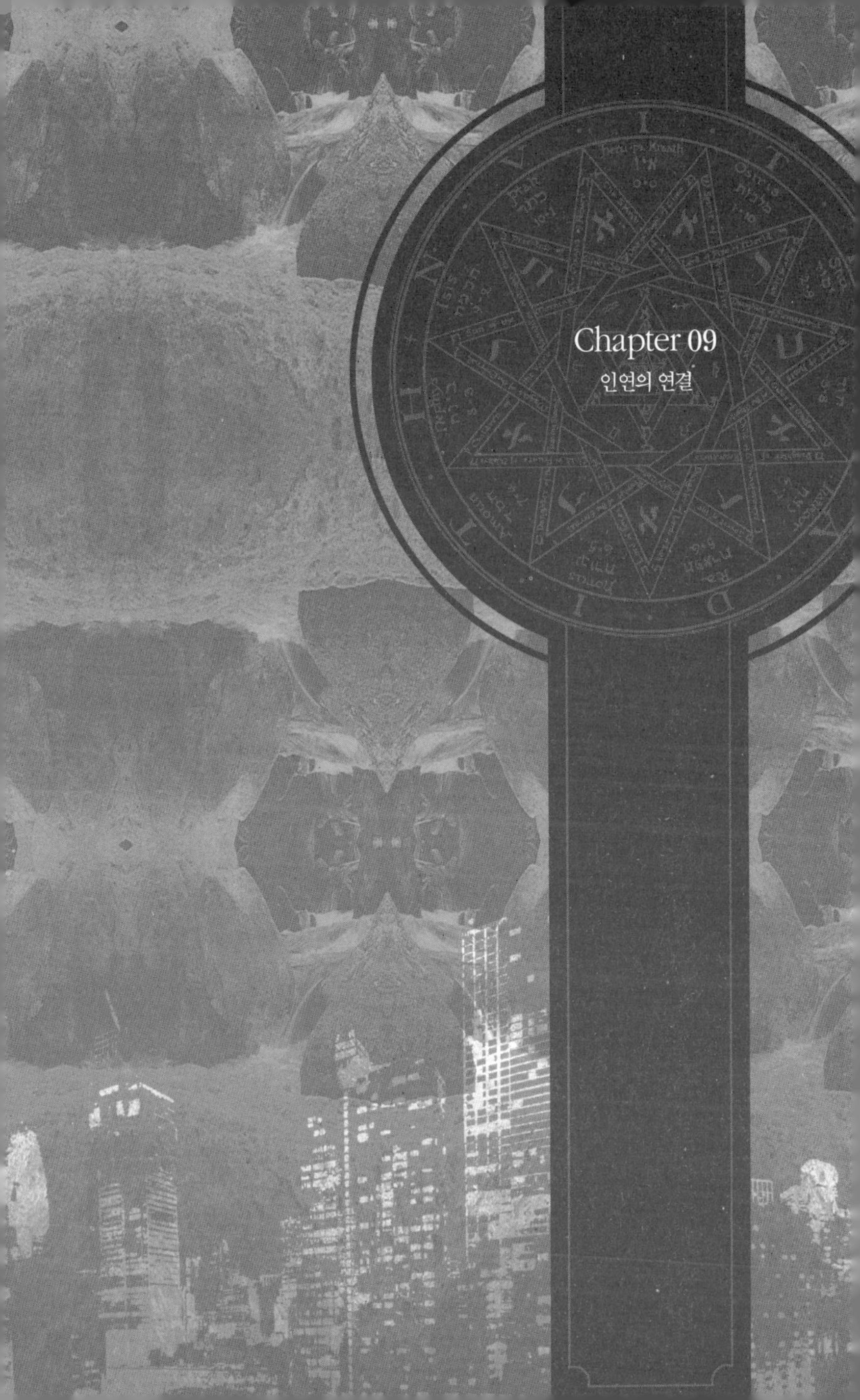

Chapter 09
인연의 연결

"당신인가, 우리를 막은 것이?"

바이하르는 바람결에 흔들리는 풀 사이로 죽은 듯 반듯하게 누워 있는 대원 아홉 명을 보았다.

그리고 그런 대원들 옆에 쓰러진 고목을 의자 삼아 앉아 있는 검은 머리의 동양인 청년도 보였다.

씨익~

청년은 바이하르의 질문에 대답 대신 미소를 보였고,

척~!

바이하르는 재빨리 대검을 고쳐 잡으면서 마나를 대검에

흘려보냈다.

찌릿찌릿.

평범하게 생겼고 웃는 얼굴이 착해 보이기만 한 청년이지만 온몸에 느껴지는 전율과 함께 털 하나하나가 솟아 오른 느낌은 의심할 것 없이 경고였다.

그것도 지금까지 마나를 다루고 나서 느껴본 적이 없는 가장 위험하다는 신호이기도 했다.

"뭐가 그리 바쁘지?"

여유로운 현중의 말에 바이하르는 오히려 뒤로 조금 더 물러나면서 힐끗거리는 곁눈질로 누워 있는 대원들의 생사를 확인하려고 했다.

"기절했을 뿐 살아 있으니 걱정하지 마."

마치 바이하르의 마음을 읽기라도 한 듯 현중이 먼저 대답했다.

대답을 들은 바이하르는 전혀 그런 내색 하지 않는 표정으로,

"어디 소속이지? 누구의 명령이냐?"

허무하리만큼 쉽게 잡혀 버린 대원들이었다.

그것도 뿔뿔이 흩어져서 자신조차 각자 찾아내려면 진땀 꽤나 흘렸을 것이 분명한 대원 아홉 명이 불과 몇 분 만에 고스란히 잡혀 버린 것이다.

외상이나 그런 흔적은 거의 보이지도 않았다.

그 말은 반항을 한 흔적이 없다는 것이다.

마나를 다루는 대원들이 쉽게 당할 리가 없다. 총알조차도 감각과 소리로 피하는 훈련을 받은 대원들이 기절을 했다? 그걸 누가 믿겠는가.

하지만 현실은 저렇게 누워 있는 대원들이었고, 이제 자신은 혼자 남아 있었다.

"방해가 되거든."

나직한 현중의 한마디, 그리고 그 말을 들은 바이하르는 현중에게서 시선을 뗄 수가 없었다.

위험하다고 계속 신호를 보내는 본능 때문에 당장에라도 피하고 싶었다. 하지만 기절해서 잡혀 있는 나머지 아홉 명의 대원 때문에 피하지도 못하고 있는 것이다.

스윽.

턱에 고여 흐르는 땀을 조심스럽게 닦아낸 바이하르는 지금 머릿속으로 오만가지 생각이 떠오르고 있었다.

이대로 파고들어 가슴을 그어버리고 빠르게 뒤로 돌아 목숨을 끊어버릴까?

아니면 단검을 던져 시선을 빼앗을 다음에 어깨로 부딪치면서 자신의 모든 마나를 쏟아부어 목을 공격하는 방법도 있었다.

물론 하나같이 확실하게 죽이는 기술들이었는데 문제는
바로 바이하르의 움직이지 않는 발이었다.

머릿속으로는 오만가지 생각으로 벌써 수십 번은 현중을
죽인 바이하르였지만 도대체가 발이 떨어지지 않는 것이다.

"후후훗, 그렇게 경계하지 않아도 되니 긴장 좀 풀지. 쯧
쯧."

별것 아닌 것처럼 현중은 말했지만 그게 통할 리가 없었다.
저렇게 아홉 명의 부하가 기절해 누워 있는 마당에 말이다.

"쯧쯧. 어째 하나같이 똑같을까. 알렉산드로도 소심하더니
말이야. 쩝."

"…어떻게… 그를……."

바이하르는 알렉산드로의 이름을 듣는 순간 놀라는 표정
으로 현중에게 물었지만 현중은 웃기만 할 뿐이다.

"러시아에서 그를 데리고 나온 사람이 나니까."

"이놈!!"

현중의 말에 격분한 듯 바이하르는 지금까지의 조심스런
행동에서 벗어나 갑자기 현중을 향해 뛰어들었다.

마치 철천지원수를 만난 듯 눈에서 불꽃이 튀어나올 것 같
은 엄청난 분노를 품은 채 말이다.

하지만,

덥석!

“쿨럭… 쿨럭……”

빠르게 뛰어드는 것만큼 빠르게 현중의 손에 목이 잡힌 바이하르는 육중한 덩치에도 불과하고 현중의 손에 대롱대롱 매달린 채 버둥거렸다.

“흥분은 몸에 해로워.”

“쿨럭! 네놈… 네놈은… 네놈만은!!”

목이 잡혀서 꼼짝도 못하고 있었고, 거기다 현중의 마나로 인해 몸이 마비된 듯 뻣뻣해진 바이하르였다.

하지만 눈동자만큼은 무섭게 타오르고 있어 현중의 호기심을 자극했다.

‘뭐지? 왜 이렇게 흥분하는 거지?’

극도로 조심스런 바이하르가 알렉산드로의 이름을 듣자마자 손바닥 뒤집듯 흥분해서 뛰어들기까지 하자 이대로 기절시키기에는 뭔가 아쉽다는 생각이 들었다.

현중은 우선 자신의 마나를 흘려보내 마나와 몸을 동시에 묶어버렸다.

획!

털썩!

완전히 마나와 몸이 묶여 버린 바이하르는 현중이 손을 놓자 그대로 바닥에 주저앉아 버렸다.

그런 바이하르와 눈높이를 맞추려는지 현중은 다시 처음

에 앉았던 쓰러진 고목나무를 의자 삼아 앉았다.

"죽여라!!"

허무하리만큼 쉽게 잡힌 데다 몸까지 말을 듣지 않자 바이하르는 어서 죽이라고 악을 쓰면서 현중을 노려봤다.

하지만 현중은 그런 바이하르의 모습에 피식 웃더니,

"죽이려면 진작에 죽였지. 그보다 말해봐. 알렉산드로와는 무슨 사이야?"

"흥! 내가 말할 것 같으냐! 죽여라!"

오히려 배짱까지 튕기는 바이하르의 모습에 현중은 잠시 동안 바이하르의 눈동자를 가만히 바라보더니 조금은 놀란 표정이 되었다.

"…친척이었냐? 어라?"

배짱부리면서 튕기고 있지만 그건 다른 사람에게나 통하는 배짱이다.

현중은 바로 천심통으로 바이하르의 머릿속을 다 읽었는데 의외의 정보를 얻을 수 있었다.

바로 알렉산드로의 딸에게는 외삼촌이 되는 사람이 바로 바이하르였다.

즉, 알렉산드로의 죽은 아내의 친동생이 되는 것이다.

친척이 없다고 들었는데 의외의 장소에서 의외의 사람을 만난 것이다.

"……."

갑자기 입을 다물어 버리는 바이하르는 애써 현중의 시선을 외면했다.

"왜 숨겼지?"

바이하르는 알렉산드로가 자신의 매형인 것도 알고 그의 딸이 조카란 것도 모두 알고 있었지만 당사자들에게는 전혀 말하지 않고 혼자만 알고 있었던 것이다.

"알 필요 없다."

고개를 돌려 버려 천심통을 쓸 수는 없지만 현중도 남에 가정사에 깊이 파고들어 봐야 좋을 게 없다는 생각에 대충 넘기기로 했다.

"싫으면 말고. 그리고 너희들은 여기서 기다려야겠어. 상황이 끝날 때까지 말이야."

"넌 도대체 누구냐? 누구길래 우리를 이렇게 다루는 거지? 그리고 상황이라면… 아르카임 스톤헨지를 말하는 거냐?"

바이하르는 캐묻듯 현중에게 쏘아붙였는데 질문을 받은 현중은 너무나 허무하게,

"응, 맞아. 그리고 난 나 혼자 움직여."

"…치잇."

너무나 쉽게 대답해 버리는 것이다.

그런데 오히려 그런 현중의 빠른 대답 때문에 바이하르는

현중의 말을 의심하고 있었다.

분명히 누군가 사주한 자가 있다고 혼자서 머리를 굴렸다.

현중도 그런 바이하르의 모습을 뻔히 알고 있지만 그냥 내버려 뒀다.

일일이 설명하기도 귀찮고 그럴 이유도 없으니 말이다.

그리고 저런 성격은 설명하다 보면 오히려 더 꼬이는 게 대부분이었기에 내버려 둔 것이다.

찌르르르, 찌르르르.

들리는 것은 풀벌레 소리뿐인 이곳에도 시간은 흘러가는 법이다.

"으윽!"

한참을 앉아 있던 현중이 갑자기 벌떡 일어섰다. 그리고 바이하르를 물끄러미 바라보더니,

"나 간다."

그 말을 끝으로 바이하르가 보는 눈앞에서 사라져 버렸다.

"…뭐야, 저건?"

눈앞에서 사람이 사라져 버린 것을 목격한 바이하르는 잠시 자신의 눈을 몇 번 껌뻑이면서 하늘을 한번 봤다, 땅을 봤다.

그리고 다시 정면을 보고는 고개를 흔들었다.

"꿈은 아닌데."

몸 안에 마나가 움직이는 것을 느낀 바이하르는 억지로 마나를 이용해서 몸을 움직였다.

삐걱삐걱.

마치 녹슨 기계가 오랜만에 움직이는 것처럼 온몸의 관절이 비명을 질렀지만 1초라도 빨리 움직여야 했기에 무식하게 밀어붙이는 것이다.

사실 마나가 완전히 풀린 다음이라면 몸은 덤으로 풀리도록 되어 있었다.

그냥 이대로 조금만 기다리면 알아서 몸이 풀릴 텐데 억지로 아직 굳어 있는 몸을 움직이려고 하니 관절이 비명을 지르는 것은 너무나도 당연했다.

"헉헉! 젠장! 힘들군."

사서 고생하는 바이하르는 그렇게 혼자만의 악전고투 속에 겨우 일어섰고, 곧바로 기절해 있는 대원들에게 다가갔다.

찰싹!

뺨을 힘껏 후려친 바이하르는 그래도 대원들이 깨어나지 않자 몇 번이고 후려쳤다.

물이라도 근처에 있으면 어떻게 하겠는데 초원에 물이 있을 리도 없었다.

그렇게 대원들마다 양쪽 뺨에 선명한 손자국을 남겨준 바이하르는 결국에는 모두 깨우긴 했다.

"복귀한다."

자신들이 어떻게 기절했는지도 모르고, 왜 깨어났는데 얼굴이 화끈거리는지 영문을 몰라 하는 대원들에게 별다른 말 없이 한마디 남기고 앞장선 바이하르는 두 주먹을 불끈 쥐었다.

'젠장. 이 수모, 언젠가는 갚아주마.'

그동안 자신이 알고 믿었던 자신의 모든 능력이 얼마나 보잘것없는지 깨닫게 된 바이하르는 현중의 얼굴을 천천히 곱씹으면서 절대로 잊지 않으리라 다짐했다.

스페츠나츠 대원들이 아르카임 스톤헨지에 도착했을 때는 이미 상황이 종료된 뒤였다.

마치 짜기라도 한 듯 같은 시간에 도착한 양쪽의 공격 헬기 때문에 의외로 상황은 빠르게 정리가 되었고, 서로 책임 공방이 오가긴 했다.

하지만 결과적으로 선제공격을 한 미국도 뒤에서 난리친 스페츠나츠 대원들 때문에 피해가 심하다 보니 서로 적당한 선에서 마무리하기로 했다.

거기다 러시아 땅이다 보니 결국 미국은 우선 한발 물러날 수밖에 없었다.

먼저 와서 그 모습을 모두 지켜본 현중은 고개를 끄덕이

면서,

"우선 첫 번째는 성공이군."

굳이 오리하르콘을 몰래 파묻어야 하는 고생도 필요 없었고, 원래의 계획대로 러시아가 오리하르콘의 소유권을 차지했기에 첫 번째는 만족스러운 결과였다.

이제 두 번째는 탁자에 앉아서 서로 밀고 당기기를 할 것이다.

하지만 현중은 그런 협상에는 추호도 관심이 없었다. 그가 관심 있는 것은 오직 하나, 사이언톨로지의 움직임이었다.

—마스터.

"……?"

—움직이기 시작했습니다.

"그래?"

—네. 저희 예상과 다르게 갑자기 러시아로 들어오려는 외국인들이 급증했습니다.

테른의 보고를 받은 현중은 잠시 생각하더니 갑자기 늘어난 외국인들이 대충 어떤 녀석들인지 감이 잡혔다.

"후후훗, 외국인이라……. 러시아에 자리를 아예 잡겠다는 거군."

바로 러시아로 사이언톨로지가 모여들고 있다는 것이다.

세계의 자원 흐름을 한 번에 뒤집을 수 있는 오리하르콘이 러시아의 소유로 돌아갔다.

그럼 당연히 경제의 흐름도 러시아를 중심으로 움직일 것이다.

러시아가 군사적으로 약한 나라는 아니었다. 즉, 미국의 무력시위가 통하지 않는 유일한 국가가 바로 러시아인 것이다.

구소련 시대부터 이어져 온 관계가 지금까지 미국의 골칫거리가 된 것이다.

그리고 소문은 빠르게 퍼져서 이미 오리하르콘 때문에 미국과 러시아가 충돌했다는 소식이 퍼진 상태다.

"더 쉽게 되었다고 해야겠지?"

이대로 사이언톨로지 녀석들이 러시아에 모여주기만 한다면 굳이 전쟁까지 가지 않더라도 현중은 충분히 목적을 달성할 수 있기에 아주 만족스러운 결과였다.

그때,

―마, 마스터.

"응?"

갑작스런 테른이 신음 소리와 함께 가슴을 움켜잡고 고통스러워했다.

"왜 그러냐!"

현중은 테른의 갑작스런 반응에 놀라서 다가가자,

―가슴이… 갑자기… 가슴이 조여 오듯… 쿨럭!

현중의 물음에 힘겹게 대답하던 테른은 갑자기 입에서 검붉은 피를 토했다.

'내상인가.'

현중은 피를 토하는 테른의 상태에 황급히 가슴을 살폈다.

"이건……."

현중이 본 테른의 가슴에 이상한 모양의 금이 생기기 시작하더니 강제로 무언가 뚫고 나오려는 듯 계속적으로 테른의 가슴에 균열이 가고 있었다.

'아공간?'

테른의 가슴은 아공간과 연결되어 있는 입구였다. 본래 테른은 자신의 편의 때문에 아공간을 가슴에 연결해 놓은 상태였다.

그런데 아공간에서 뭔가 빠져나오려고 하자 그 충격을 모두 테른이 감당하게 된 것이다.

"테른, 아공간을 열어라!"

―크윽! 네… 마스터.

현중의 명령에 테른은 힘겹게 일어서더니 가슴의 아공간을 열었다.

그러자 아공간이 열리기가 무섭게 검은 물체 하나가 튀어나오더니 바닥을 몇 번 굴렀다.

"이건……."

현중이 빠르게 다가가 테른의 가슴에서 튀어나온 것을 보니, 얼마 전 러시아 막사에서 마기가 뿜어져 나와 잠시 테른에게 맡겼던 그 상자였다.

—헉헉… 헉헉…….

역시나 현중의 예상대로 아공간이 문제인 듯 열고 나자 테른의 고통은 말끔하게 사라져 버렸다.

일반적으로 아공간에 들어간 것이 다시 밖으로 자력으로 나오려고 하는 경우는 거의 없었다.

완전히 다른 차원의 공간에 보관하는 것이 아공간의 개념이기에 테른이 입구를 열지 않고 차원을 넘지 않는 한 빠져나오는 것은 불가능하기 때문이다.

—마스터, 그건 도대체…….

테른도 자신이 겨우 저런 상자 하나 때문에 그런 고통을 받았다는 것에 자존심이 조금은 상한 듯 날카롭게 상자를 바라봤다.

하지만 상자한테 화풀이할 수는 없는 법 아니겠는가? 그냥 삼키는 수밖에.

"뭐지? 열린 것도 아니고 마기도 느껴지지 않고……."

처음 느껴졌던 마기도 지금 다시 보니 전혀 느껴지지 않고 있었다.

누가 봐도 평범한 낡은 상자였다. 가죽으로 덧입혀진 것이

조금은 고급스러워 보이긴 하지만 마치 통짜로 만들어진 듯
여는 곳을 찾을 수가 없었다.

쫘~ 악!

혹시나 해서 현중은 잡고 있는 손에 힘을 줘봤다.

그런데 어떻게 된 건지 꿈쩍도 않는 것이다.

현재 현중은 자신이 마음먹고 힘줘서 버틸 수 있는 것이 없
다고 생각했는데 그게 아닌 것이다.

"이것 봐라?"

보통의 상자로 생각하던 것이 조금은 다르게 보이고 장난
삼아 준 힘을 버티는 상자의 모습에 현중도 오기가 생겼다.

화르륵!

마나를 활성화시켜 양손에 집중해 다시 상자를 쥔 손에 힘
을 줬다.

빠직!

거친 소리를 내면서 상자가 조금 뒤틀렸다. 그리고 뒤틀린
상자에서 틈으로 보이는 균열도 발견할 수 있었다.

일직선으로 그려진 균열은 현중이 힘을 줘서 만든 게 아니
라 원래부터 있던 틈이 너무 강한 현중의 악력에 비틀리면서
모습을 드러낸 것이다.

"호오!"

현중이 틈을 발견해서 손가락으로 슬쩍 만져 보니 역시나

처음부터 통짜로 만들어진 게 아닌 것이 확실했다.

틈을 발견하자 현중은 손에 더욱 힘을 주고 상자를 움켜잡았고, 그만큼 상자는 더욱 뒤틀려 틈이 벌어지더니,

빠각!

무언가 부서지는 소리가 들리면서 완전히 뒤틀려 버렸다.

덜렁.

정확하게 반으로 갈라진 상자 한쪽이 힘없이 열렸다.

드디어 궁금증을 자아내던 상자 속을 보게 된 현중이었지만 정작 확인하고는 표정이 이상하게 변했다.

"이건 뭐지?"

마치 실을 뭉친 것 같으면서도 만져 보면 매우 거친 느낌이 드는 이상한 털 뭉치 같은 것이 있었다.

상자에서 꺼내보니,

푸석!

현중의 손이 닿자 닿은 부분이 너무나 쉽게 바스러지기까지 했다.

마치 모든 것을 다 뽑혀 바싹 마른 미라를 만진다고 해야 할까?

아무튼 쉽게 만질 수도 없었다.

"테른, 넌 이게 뭔지 알겠어?"

현중이 결국 테른에게 상자를 통째로 넘겨주자 테른도 자

신을 고통스럽게 한 것의 정체가 궁금했는지 유심히 살펴봤
다.

하지만 테른도 고개를 갸웃거리기만 할 뿐 도통 뭔지 알 수
가 없다.

그런데 테른의 눈동자가 갑자기 이채를 띠면서 상자 속의
물건이 아닌 상자를 지지하고 있는 금속을 자세히 보더니,

—마스터, 이거 아만티움입니다.

"응?"

현중은 속의 물건만 봤지 자신의 힘을 버틴 상자의 금속에
대해서는 전혀 생각하지 않고 있었다.

테른의 말을 듣고 다시 보니 확실히 조금 무겁긴 했다.

아만티움은 마계의 금속이라고 불리며 같은 크기의 것 중
가장 무거운 금속에 해당되는 특수 금속이었다.

실제로 아만티움은 단단하기가 오리하르콘보다 우위에 있
을 만큼 경도가 높은 금속이지만 최대 단점이 있으니 바로 무
게였다.

지금 작은 상자 크기의 모양인데도 무게가 제법 상당했기
에 실제로 검이나 무기 형태로 되면 일반 강철이나 미스릴 무
기보다 작게는 다섯 배에서 최대 스무 배까지 무거워지는 것
이다.

거기다 아만티움은 마법 저항이 강해 마법으로 경량화시

킬 수도 없는 금속이었다.

한마디로 계륵인 셈이다. 쓰자니 무거워서 싫고, 그렇다고 버리자니 그 효용성이 아까운 그런 금속 말이다.

"아만티움이라……. 그럼 마기를 뿜어낸 것도 어느 정도 이해가 되는군."

마계의 금속답게 아만티움은 어느 정도 마기를 머금고 있었다. 다만 살아 있는 생명체가 아니기에 지속적으로 마기를 뿜어내거나 그러진 않았지만 말이다.

그런데 마계에서도 그리 흔하지 않는 아만티움으로 작은 상자를 만들어 단단히 봉인할 정도의 물건이 겨우 바싹 마른 털 뭉치라는 것이 여전히 현중에게는 의문점이었다.

"우선 돌아가자."

어느 정도 성과를 얻었으니 현중은 다시 영국에 있는 집으로 돌아갔다.

현중은 삼지안 조각상뿐만이 아니라 반쪽으로 갈라져 버린 아만티움 상자까지 탁자에 올려놓고 둘을 나란히 바라보고 있는 중이었다.

"뭘까. 세상에 우연이란 없어. 원인과 결과만 있을 뿐이지."

그는 우연이라는 것을 그렇게 신뢰하지 않는 편이었다.

세상의 모든 일에는 원인과 과정, 그리고 결과가 있는 것이다. 사람들이 우연이라고 말하는 것도 결국에 아주 사소한 원인을 시작으로 짧은 과정일 수도 있고 시간이 오래 걸리는 긴 과정일 수도 있는 기간을 거쳐 결과라는 열매로 나타나는 것이다.

간단하게 복권에 당첨되는 행운도 어떻게 보면 우연일 수도 있다.

하지만 그것도 복권을 샀다는 원인이 있다.

그리고 추첨이라는 과정을 거쳐 당첨이라는 열매가 탄생하게 되는 것이다.

일반적으로 행운이라고도 하고 우연히 운이 좋아서 그렇게 된 것이라고도 말들을 하지만 결과적으로 복권을 사지 않는다면 그런 우연도 일어나지 않는다는 규칙이 성립되는 것이다.

즉, 지금 현중의 손에 들어와 눈앞에 있는 이 두 개의 물건도 분명히 뭔가 원인이 있고 현중이 모르는 과정을 거쳐 자신의 손까지 들어오게 되었다고 생각하기에 현중은 결코 사소한 일로 넘길 수가 없었다.

"음……."

고민하다가 우연히 아무 생각 없이 현중은 삼지안 조각상을 집어 들고서 아만티움 상자 바로 위에 올려놓았다.

별 의미가 있어서 그런 것은 아니고 정말 아무 생각 없이 조각상을 위에 올렸을 뿐이다.

뭐랄까, 위에 올리면 딱 맞을 것 같다는 생각이 들어 그대로 움직였을 뿐이었다.

드르륵.

마치 자석이 밀어내듯 조각상이 가까이 가자 아만티움 상자가 바닥을 끌면서 밀려나는 것이다.

"어라?"

현중도 의외의 결과에 다시 한 번 조각상을 가까이 가져가자,

드르륵, 드륵.

역시나 아만티움 상자가 밀렸다. 테른도 그런 현상을 보고는 흥미로운 듯 가만히 지켜보더니 아만티움 상자에 시선을 집중했다.

"테른, 이거 원래 이런 거냐?"

현중은 아만티움에 대해서 그리 아는 게 많이 없어서 물어봤지만 테른도 처음 보는 현상이었다.

─저도 처음 보는 현상입니다. 아만티움은 자성을 가진 금속이 아닙니다만……

자석의 N극과 S극이 서로 밀어내는 것처럼 반응을 보이지만 조각상은 금속이 아니었기에 의문이 더욱 커질 수밖에 없

었다.

"앗!"

현중은 아만티움 상자와 삼지안 조각상이 서로 밀어내는 현상에 정신이 팔렸다가 뒤늦게 아만티움 상자 속에 털 뭉치가 없어진 것을 발견하고는 소리쳤다

혹시나 해서 주변을 살폈지만 감쪽같이 털 뭉치가 사라져 버린 것이다.

―마스터!

현중이 털 뭉치를 찾으려고 주변을 살피고 있는데 테른이 소리쳤다.

현중은 테른의 손가락을 따라 시선을 돌렸는데 그곳에는 놀라운 것이 기다리고 있었다.

"…머리카락이 자랐네."

삼지안 조각상의 머리 부분에 털이 풍성하게 자라나 마치 머리카락이 돋아난 것처럼 변해 있었다.

"이게 도대체 무슨 일이야."

갑작스럽게 여러 가지 일이 한꺼번에 생겼기에 현중은 도무지 사태 파악조차 전혀 하지 못했다.

마치 귀신 이야기에 자주 나오는 저주받은 인형을 보는 것 같은 꺼림칙한 느낌까지 들었다.

"나쁜 현상은 아니겠지?"

현중은 테른을 가만히 바라보면서 한마디 했지만 테른도 딱히 뭐라고 말할 수가 없었다.

그렇게 한동안 갑자기 머리카락이 자라난 삼지안 조각상을 바라만 보다가 또다시 현중은 조각상을 집어 들었다.

그리고 아만티움 상자 위로 가만히 가져갔다.

탁.

이번에는 밀리지 않고 그냥 조각상이 상자 위에 얌전히 자리했다.

방금 전에 자성을 띠는 것처럼 밀려난 것이 거짓말처럼 너무나 가만히 올라 있는 것이다.

"아, 정말 도대체 어떻게 된 거야?"

힌트라고 받은 게 힌트를 주기는커녕 오히려 머릿속을 복잡하게 만들고만 있는 것에 짜증이 나기 시작한 현중이,

탕!

거칠게 삼지안 조각상을 탁자 위에 내려찍듯 내려놓고는 소파에 몸을 깊이 묻었다.

"아, 머리 아프다. 이건 수수께끼가 아니잖아. 고문이지."

짜증이 날 만큼 난 현중은 결국 삼지안 조각상에 대한 관심을 끊어버릴까 고민까지 했지만 여전히 시선을 완전히 외면하는 것은 힘들었다.

그놈의 호기심과 궁금증이 짜증이 나고 성질나더라도 결

코 포기할 수 없게 만드는 것이다.

─마스터, 조각상 가운데 눈이 감겨 있습니다.

"응? 그게 무슨 말이야? 눈이 감… 겼군."

현중은 테른을 말을 듣고서야 삼지안 조각상의 눈이 감긴 것을 확인하고는 결국 소파에 누운 채 고개를 뒤로 젖히고 한숨을 쉬더니,

"아, 안 해. 안 해. 젠장! 무슨 도움을 준다는 게 이따위 힌트나 주고. 나보고 어쩌라고?"

결국 현중은 폭발해 버렸다.

그대로 조각상에서 몸을 돌려 버리고는 자리에서 일어서더니 무작정 방문을 열고 나왔다.

Chapter 10
풀린 수수께끼

　현중이 정말 오랜만에 향한 곳은 교환학생으로 와 있는 대학교의 공원이었다.

　"좀 살겠네. 역시 머리가 복잡할 때는 잠시 모든 걸 내려놓는 것도 하나의 방법이야."

　현중은 수수께끼에 열을 올렸던 자신이 한심한 생각이 들면서도 한편으로는 신급의 존재가 알려준 힌트라는 게 과연 힌트가 맞는지도 의심이 들었다.

　그냥 이래서 이렇다고 간단하게 알려주면 서로 편하고 얼마나 좋은가.

뭔 놈에 수수께끼 같은 말과 조각상을 주고는 알아내라고 하는 모습에 은근히 힌트를 주고 베리얼을 이곳에 보낸 그분이라는 존재에 대해서 짜증이 나기 시작했다.

"쓸데없이 고상한 척하는 녀석들. 쳇."

현중은 역시나 자신과 신은 서로 맞지 않는다고 생각해 버렸다.

그놈의 도도한 척하는 것도 그렇고, 사람 고생시키는 걸 재미로 생각하는 모습은 아무리 봐도 마음에 들지 않았다.

"확 성질대로 하면 내가 신들보다 위의 존재가 되어서 확 다 뒤집어 버릴까 보다."

[그럼 나도 껴주지 그런가.]

"……"

대답하듯 들린 목소리에 현중은 이미 누군지 알고 있기에 심드렁한 표정으로 고개를 돌렸다. 역시나 예상대로 베리얼이 환자복을 입은 채로 현중 옆에 앉았다.

"환자가 너무 싸돌아다니는군."

[뭐, 이곳 말로 나이롱환자라서 그런가, 별로 의사들도 관심이 없던데?]

"크크크크큭, 그런 말도 알아?"

베리얼의 입에서 나이롱환자라는 말이 나오자 현중은 순간적으로 피식 웃었다.

[신이 되고 싶나?]

베리얼이 현중의 말을 들은 듯 묻자 현중은 잠시 몰래 들은 게 기분 나쁜지 바라보다가 한숨을 쉬더니,

"뭐, 신이 될 수 있다면 카일라제도 그렇고… 하나같이 마음에 안 들어."

[크크크큭, 그분이 들으면 좋아할 말이군.]

"좋아하든가 말든가."

툴툴거리는 현중의 말에 베리얼은 그냥 웃고 말았다.

그렇게 잠시 동안 침묵이 흐르는 가운데 베리얼과 현중은 아무 말 없이 먼 산만 서로 바라봤다.

[내가 돌아온 게 못마땅한 모양이군.]

"한때 서로 죽이려고 했던 사이이니 좋지는 않지."

[뭐, 과거는 과거일 뿐, 그냥 쿨하게 잊어도 되지 않겠나?]

시크한 척 가볍게 말하는 베리얼과 달리 현중은 그런 말을 하는 베리얼을 보고는 씨익 웃더니,

"난 솔직히 너한테 그리 원한이 없거든. 내가 지구로 돌아오기 위해서 카일라제 녀석이 너를 처리해 달라고 청부를 했으니. 하지만 그렇지 않은 녀석이 있어서 말이야."

현중의 말에 베리얼은 잠시 무슨 소린지 고개를 갸웃거렸다.

[누구를 말하지?]

“테른.”

현중이 나직하게 부르자 현중의 그림자에서 소리없이 나타난 테른은 베리얼을 똑바로 바라봤다.

베리얼도 테른을 한번 보고 금방 기억이 나지 않는 듯하다가 뒤늦게.

[혈족?]

—…….

테른은 자신을 잠시 잊고 있었던 것에 폭발하려던 분노를 가까스로 가라앉혔다.

[살아남았군.]

무의미하게 말하는 베리얼과 달리 테른은 날카로운 송곳니를 드러내면서,

—그렇지. 살아남았지. 복수를 위해서 말이야.

[크크큭. 복수? 어차피 마계는 힘이 지배하는 곳이 아니던가? 약하면 잡아먹히는 곳. 그런 곳에서 복수라는 말은 사치지.]

냉철하게 사실을 말하는 베리얼이었지만 테른은 결코 받아들일 수 없는 말이었다.

—혈족은 이제 나 혼자다. 네놈 덕분에 말이야.

[그럼 여기 지구에서 늘려봐. 현중도 있으니 도와줄 것 같은데.]

역시나 베리얼의 입에서 나온 말을 가만히 듣고 있던 현중은 원래의 성격이 어디 가는 게 아니라는 것을 다시 한 번 확인하고는,

"테른, 그만 돌아가라."

—알겠습니다.

떨어지지 않는 발걸음을 애써 돌려 현중의 그림자로 들어가는 테른을 가만히 바라보던 베리얼은 현중을 보며,

[영혼의 계약을 했군.]

마족이었기에 테른이 현중의 그림자로 들어가는 이유를 단번에 알아차렸다.

"스스로 내 밑으로 들어오더군. 누구 덕분에 말이야. 후후훗."

현중이 웃으면서 눈빛만으로도 베리얼 덕분이라고 알려주자 베리얼은 쓴웃음을 지었다.

[내가 그렇게 나쁜 놈이었나?]

"그럼 착한 마왕도 있나?"

현중의 거침없는 대꾸에 베리얼은 잠시 생각해 봤지만 스스로 생각해도 자신은 마족들 중에서도 나름 공명정대한 삶을 살았다는 생각이 들었다.

[착하진 않지만 그리 나쁜 마왕도 아니었다고 생각하는데 말이야.]

결국 베리얼은 스스로가 얼마나 적을 많이 만들었는지 인식하지 못하는 녀석이었던 것이다.

"뭐, 그거야 자기 맘이겠지."

현중은 오래 이야기 나누는 게 더 이상 도움이 되지도 않고 잠깐 머리 식히러 나왔다가 엉뚱한 녀석을 만났다는 생각에 자리에서 일어섰다.

"그리고 그거 다시 가져가라."

[뭘?]

"네가 힌트라고 준 조각상 말이야."

[왜? 필요 없나 보지?]

"그딴 걸 힌트라고 주다니, 네가 모시는 그분이라는 존재가 눈앞에 있다면 던져 버리고 싶은 심정이다."

[크크크큭, 뭐, 필요 없다면 버리든지. 나도 너에게 전해주라는 명령만 받았지 그 후에는 자네 맘대로 해도 상관없다고 들었거든.]

"쳇, 역시나 신이라는 녀석들, 하나같이 마음에 안 들어."

[정 맘에 안 들면 아까 말대로 자네가 신이 되어서 뒤집어 버리든지. 결국 강자가 모든 것을 가진다는 것은 세상 불변의 법칙이니까 말이야.]

결국 세상 어디나 강한 자가 원하는 대로 세상은 움직이는 법이다.

인간 세상도 결국 1%의 지배자가 움직이고, 그런 인간도 결국 그보다 높은 존재, 즉 신의 손가락질에 의해 울고 웃는 존재에 불과했다.

아무리 현중이 강하다고 해도 신이라는 존재의 눈에는, 벼룩에 비교하자면 다른 벼룩에 비해 조금 더 높이 뛰고 조금 더 활발한 벼룩에 불과한 것이다.

스윽.

현중은 어디로 가야 할지는 모르겠지만 최소한 베리얼이 없는 곳으로 가고 싶은 마음에 이동하려고 오른발을 들었다.

[한 가지 더 알려줄까?]

멈칫!

현중은 내딛기만 하면 사라질 수 있는데 허공에 오른발을 잠시 멈추고 베리얼이 보지 못한 각도에서,

씨익~

미소를 지었다가 바로 지워 버리고는 오른발을 제자리로 되돌렸다.

"아직도 알려줄 게 남았나?"

[왜, 듣고 싶어?]

장난을 치려고 준비하는 어린애마냥 눈빛을 반짝이는 모습에 현중은 매정하게 고개를 돌리고,

"싫으면 말든가."

[어, 어?]

베리얼은 원래 현중에게 알려줄 힌트 세 가지를 들고 지구에 내려왔다.

하지만 순순히 현중에게 힌트를 모두 알려줄 생각이 없었다.

뭐랄까, 앙금이 남아 있는 사이이기에 고생 좀 해보라는 생각에 가장 골치 아픈 삼지안 조각상 하나를 던져 줬던 것이다.

결국 현중이 머리 싸매고 고생해도 풀지 못했고, 열 받아서 다시 가져가라고 하자 속으로 고소해하던 베리얼은 이쯤에서 힌트를 하나 더 알려줘서 현중의 기분을 풀어줘야겠다고 생각했다.

거기다 덤으로 현중에게 자신이 필요하다는 생각을 하도록 하는 맘도 있었다.

하지만 베리얼도 모르고 있는 것이 있으니, 바로 조금 전 현중이 가려고 했을 때 베리얼이 잡은 순간 몰래 지었던 미소다.

사실 현중은 공원에서 머리 싸매고 고민할 때만 해도 정말 고민에 머리가 깨질 지경이었고 짜증이 한계에 다다라 있었다.

그런데 갑자기 나타난 베리얼을 보고는 뭔가 이상하다고

생각한 것이다.

'이놈이 왜 스스로 나타났지?'

자존심이라면 하늘을 찌르고 자기 잘난 맛에 살던 전직 마왕이란 녀석이다.

먼저 현중을 찾아와 슬그머니 옆에 앉는 것이 뭔가 이상하다는 것을 느끼면서 동시에 다른 속셈이 있다는 것도 알았다.

대륙에서부터 알던 녀석이기에 먼저 나타났을 때부터 다른 속셈이 있다는 것을 알고는 일부러 과장해서 짜증을 더 내고는 급기야 조각상을 가져가라고 큰소리까지 친 것이다.

그러자 만족한 듯 미소를 지으면서 보인 베리얼의 반응에 현중은 확신했다.

'이놈, 나에게 말하지 않은 게 있군.'

그리고 일부러 화가 나서 가는 척하면서 일어서자 역시나 베리얼이 가는 현중을 잡았다.

베리얼은 현중을 약 올리면서 자신이 놀리고 있다고 생각하고 있지만 사실 현중이 미리 알고 역이용하는 중이었다.

한마디로 잔머리 싸움에서는 현중에게 죽어도 베리얼은 이길 수 없었다.

"말하기 싫다는 거 아니었어?"

[…그건 아닌데……]

베리얼도 순간 이건 뭔가 잘못되었다는 것을 느끼고 서둘러 말을 얼버무렸지만 이미 소용없는 몸부림에 불과했다.

씨익~

현중이 웃으면서 베리얼 앞에 얼굴을 들이밀면서,

"그냥 말해. 나 이대로 그냥 가?"

[…쳇!]

뒤늦게 베리얼은 현중이 자신의 속셈을 알아채고 오히려 배짱을 튕긴다는 것을 알아챘다.

하지만 너무 늦어버렸다.

"가? 말아? 어쩔까?"

[미래.]

"응? 뭐라고?"

[삼지안 조각상과 함께 내가 받은 힌트는 미래라는 거다. 이제 만족하냐?]

"에이."

현중은 베리얼의 말을 듣고는 인상을 찡그리더니,

"나도 이미 알고 있는 거네. 가운데 눈이 미래를 보는 눈동자라는 말이지?"

[………]

베리얼은 현중의 반응에 잠깐 멍하니 아무 말 없더니,

[어떻게 알았지? 지구에 삼지안에 대한 기록이 거의 없는 걸로 아는데… 헛!]

결국 베리얼은 현중을 골탕 먹일 생각으로 일부러 힌트가 더 있는데 알려주지 않았다는 걸 실토해 버렸다.

급히 입을 다물면서 고개를 돌렸지만 이미 모든 게 다 들통 나버렸다.

"오호, 그렇단 말이지? 참… 대단한 분을 주인으로 모시는구만."

[아니… 그게 아니라… 젠장…….]

"좋은 분이구만. 힌트를 자신의 종이 맘대로 줘도 되고 안 줘도 상관 않는 주인이라니 말이야. 안 그래?"

완전히 들통 난 베리얼은 인상을 구기면서 현중을 바라보다가 결국 두 손을 들어버렸다.

[그래, 내가 졌다. 젠장, 네놈은 예나 지금이나 재미가 없군.]

한 방 먹일 수 있다는 생각에 신나했던 베리얼은 결국 자기 꾀에 자기가 넘어가 버렸다.

[잘 들어. 전체적인 힌트는 나도 딱 한 번만 말해주는 것을 허락 받았으니까 말이야.]

"말해. 난 기억력은 좋은 편이니까."

[좋아, 그럼 말하지. 우선 카일라제가 지구에 강림해서 자신의 권능을 최대한 발휘하기 위해서는 믿음만 강한 인간의 몸으로는 안 돼. 즉, 신의 권능을 최대한 써도 죽지 않는 몸을

가진 인간이 필요하단 것은 자네도 알겠지?]

"물론."

이미 일반적으로 신도의 몸에 강림한 카일라제를 만난 적이 있으니 당연했다.

베리얼도 자신이 모시는 그분에게 들었는지 대충 현중이 카일라제와 이미 한 번 만났다는 것을 알고 있는 듯했다.

[그럼 신의 권능을 모두 발휘해도 멀쩡한 인간은 누가 있을까? 답은 어렵다고 생각하지만 사실 알고 보면 쉬워. 신의 전생을 가진 인간, 즉 신의 화신으로 태어난 인간의 몸에 카일라제가 들어가면 모든 제약은 사라지는 거지.]

"……!!"

현중은 베리얼의 말에 두 눈이 번쩍 뜨이는 느낌이었다.

그렇다. 카일라제가 아무리 믿음이 강한 신도의 몸에 강림한다고 해도 평범한 인간인 이상 마나의 한계가 있는 법이다.

그리고 신의 권능은 인간의 몸으로 감당할 수 있는 성질의 힘이 아니었다.

이미 한 번의 분노를 폭발시키는 걸로 자신이 강림했던 인간을 죽인 카일라제가 아니던가.

그래도 명색이 주신의 위치에서 대륙의 추앙을 받던 신이 그걸 모를 리가 없었다.

사실 현중도 어느 정도 특별한 조건을 가진 인간일 것이라고 예상은 했지만 신의 화신으로 태어난 인간이라는 조건까지는 생각해 보지 못했다.

하지만 베리얼의 말대로 신의 화신으로 태어난 인간의 몸에 카일라제가 강림하게 된다면 최악의 상황이 벌어지는 것이다.

카일라제는 자신의 권능을 최대한 발휘할 수 있는 최적의 육체를 얻게 되니 말이다.

[그리고 마지막으로 완전한 권능을 사용하기 위한 최적의 육체를 가진 인간을 찾아도 그 인간이 열일곱 살이 넘은 어린 애라면 강림은 할 수 있지만 신의 권능을 사용할 수 없다는 제약이 있지.]

"어린애?"

현중은 베리얼을 말을 듣고 잠시 자신이 대륙에서 카일라제를 만났을 때를 생각해 봤다.

그런데 가만히 기억을 더듬어보니 그동안 자신이 만난 카일라제는 모두 10~15살 정도로 보이는 어린 소년, 소녀의 몸에 자신이 들어가서 현중을 찾아왔던 것이다.

"그러고 보니……"

[눈치챘지? 나도 그분에게 들어서 알고 있는 사실인데, 카일라제는 열일곱 살의 나이에 신의 반열에 올랐어. 그래서 자신이 인간으로 삶을 살았던 시간이 17년밖에 되지 않기 때문

에 그 이상의 나이를 가진 인간의 몸에는 강림하게 되면 거의 권능을 사용하는 데 제약이 생겨 버리지.]

신은 만능에 가까운 능력을 가졌다.

하지만 만능에 가까운 능력을 가졌을 뿐 만능은 아니다.

어차피 카일라제도 그렇고 치우천왕도 그렇고 모두 인간으로 태어나 삶을 살아가다가 신으로 승격된 경우가 대부분이었다.

누구 말대로 인간이 신에 가장 가까운 존재라는 말이 그냥 나온 게 아니라 모두 신빙성이 있는 것이다.

그런데 도대체 열일곱 살에 신의 반열에 오른 카일라제는 어떤 능력으로 신의 반열에 오른 건지 조금은 궁금했지만 현중은 애써 무시했다.

지금 그게 중요한 게 아니니 말이다.

[그분에게 받은 힌트를 모두 조합하면 세 가지 조건에 맞는 인간을 찾으면 되지. 17세 미만의 어린애, 신의 화신으로 태어난 조건, 그리고 마지막으로 내가 준 삼지안 조각상의 미래를 보는 눈처럼 미래를 보는 능력을 가진 인간이면 카일라제가 찾는 최적의 육체라는 말이지.]

벌떡!

베리얼의 말을 모두 들은 현중은 갑자기 벌떡 일어서더니 그대로 베리얼을 무시하고 사라졌다.

[젠장. 저럴 줄 알았어, 저놈은.]

이번에도 자신이 당했다는 생각에 결국 쓴맛을 다신 후 하늘을 보면서,

[전 적당한 선에서 그냥 유연하게 했을 뿐입니다. 앙금은 풀어야 최소한 카일라제의 칼받이가 되더라도 억울한 게 적을 거 아닙니까.]

라고 말하고는 씨익 웃었다. 마치 자신이 모시는 그분에게 설명하듯 말이다.

현중은 그대로 이동해서 마리아가 있는 곳으로 왔다.

"어머? 웬일이에요?"

마리아는 현중이 반가우면서도 한편으로는 궁금했다. 뭔가 일이 있어야만 꼭 찾아오는 일이 대부분이니 말이다.

"레이스는 지금 어디에 있죠?"

"레이스요?"

역시나 마리아의 예상대로 현중은 오자마자 자신에 대해서는 전혀 묻지도 않고 안전한 곳에 있을 레이스부터 찾았다.

그런 현중의 행동에 살짝 실망했지만 겉으로 표현하지는 않았다.

현중의 표정이 너무 진지했기 때문이기도 했고, 본래 현중이 입에 발린 말이나 친절하지 않다는 것을 알고 있으니 말

이다.

"레이스는 현재 저만 알고 있는 안전 지역에 있어요."

"거기가 어디죠?"

"위치는… 그게… 지도상으로 설명이 좀 어려운데……."

"그럼 지금 시간 되면 저와 같이 가죠."

평소의 현중답지 않게 매우 서두르는 모습을 본 마리아는 빨리 현중을 레이스에게 데려다 줘야 할 것 같다는 느낌이 들어 서둘러 준비했다.

"가요. 제가 같이 갈게요."

"그러죠."

그 길로 밖으로 나온 마리아는 자신의 차를 꺼내려고 했는데,

끼익, 덜컹.

"이게 왜 이러지?"

차고의 문이 1/3쯤 열리다가 갑자기 뭔가에 걸리는 듯한 소리가 나더니 더 이상 열리지 않는 것이다.

삐~ 삐~ 삐~

차고 문을 여는 버튼을 아무리 눌러도,

덜컹!

소리와 함께 그 자리에서 흔들거리기만 할 뿐 움직이지 않았다. 그러다,

뚝!

무언가 부러지는 소리가 나더니,

쾅!!

소리와 함께 먼지를 일으키면서 차고 문이 닫히더니 완전히 고장 나버렸다.

"미안해요, 현중 씨. 갑자기 이러네요."

현중은 자신이 차고 문을 힘으로 열고 차를 꺼내면 되지만 그러기에는 차고의 문이 열리는 걸 기다리면서 허비할 시간 제법 되기에 결국,

"테른!"

현중은 테른을 불러 아공간 속에 있는 자신의 맥라렌을 꺼내 올라탔다.

"타요."

마리아가 오랜만에 현중의 차를 보고는 사뿐하게 올라타자,

부웅웅!!

마치 급발진하는 것처럼 헛바퀴가 요란하게 돌면서 엔진의 굉음이 사방으로 진동하더니 현중의 맥라렌은 쏘아지듯 튀어나갔다.

끼이이익!!

커브에서는 미려하게 드리프트로 돌면서 무언가에 쫓기는

듯 운전을 하는 현중의 눈동자는 다급함만 가득했다.

마리아는 현중에게 이런 터프한 면이 있는 줄 처음 알게 되어 놀라면서도 안전벨트와 손잡이를 꼭 잡고 길안내를 계속했다.

끼이익!!

마리아의 저택을 나와 거의 네 시간가량 미친 듯이 달려 도착한 곳은 영국 남쪽의 숲이 우거진 숲의 입구였다.

"여긴가요?"

현중이 내리면서 주변을 살펴보자 마리아도 빠르게 내리더니,

"여기에서 산행으로 두 시간 더 올라가야 해요. 현재까지 여기만큼 안전한 곳이 없었으니까요."

"가죠."

현중은 마리아의 말이 끝나자마자 온몸에 마나를 활성화시키더니,

덥석.

그대로 마리아를 안아 들었다.

"헛! 이, 이게 뭐하는……."

말은 부끄러워하면서도 마리아의 눈은 웃고 있었다.

"이게 더 빠르니까요. 저보다 빠르거나 저와 같이 움직일 수 있다면 놓아드리죠."

현중도 가볍게 웃으면서 말하자 결국 마리아는 고개를 끄덕이고는,

"여기서 북남 쪽으로 우선 올라가세요. 얼마 가지 않아 정상에 닿을 거예요. 그럼 그 정상에서 남쪽으로 내려가서 좌측으로 이동하면 산장 하나가 있어요. 거기에 레이스가 머물고 있어요. 저희 요원들이 같이 숙식을 하면서 머물고 있긴 하지만 기본적으로 인적이 거의 없는 곳이고 아직 위성으로도 관측이 안 되는 곳이라 찾기 어려울 거예요."

말이 쉬워서 올라가서 꺾고 꺾으면 산장이지 어림잡아 지리산 정도의 크기로 보이는 이 넓은 숲을 혼자의 몸으로 들어간다는 것 자체가 미친 짓이었다.

물론 마리아가 길안내를 하겠지만 산길이란 게 길안내가 된다고 해서 바로 찾아갈 수 있는 게 아니었다.

하지만 현중은 일말의 망설임도 없이 훌쩍 뛰어올라 숲 속으로 들어가 버렸다.

탁! 탁! 타탁!

숲 속에 들리는 소리는 현중이 나무 꼭대기에서 나뭇가지를 밟고 앞으로 이동하는 소리가 전부였다.

"…이건… 도대체……"

마리아는 자신의 능력으로는 도저히 상상도 할 수 없는 능력을 보이는 현중의 모습에 고개를 흔들 수밖에 없었다.

벌써 한 시간가량 자신을 안고서 나무의 꼭대기로만 이동하고 있었다.

사실 마리아도 하려면 할 수 있다.

문제는 바로 시간이었다. 혼자서도 길어봐야 몇 분 이동하는 게 전부일 것이다.

그것도 마나를 모두 소진하고 나서야 가능한 시간이다.

하지만 현중은 자신을 안고 거기다 한 시간이 넘는 오랜 시간 동안 단 한 번도 쉬지 않고 이동만 계속하고 있는 중이었다.

본래대로라면 벌써 산장에 도착하고도 남았을 시간인데 산의 지리가 땅에서 걷는 것과 위에서 보는 것이 많이 달랐다.

그러다 보니 몇 번 마리아의 안내가 잘못되어서 헤맸고, 결국 이 시간이 되어서야 가까스로 길을 다시 찾았다.

"저기예요!"

마리아는 자신 때문에 고생하는 현중에게 미안해서 일부러 큰 목소리로 산장을 발견하고는 큰 소리로 말했지만, 정작 현중은 현재 땀 한 방울 흘리지 않고 있었다.

사뿐.

거의 10미터가 넘는 높이에서 뛰어내린 것치고는 너무나 가벼운 착지였다.

약간 헤매긴 했지만 찾아오는 데 문제가 없었던 산장은 크기가 생각보다 컸다.

높이가 5층에 약간 비탈진 곳에 만들어진 것이 특이했지만 한눈에도 두꺼운 목조에 철골로 만들어진 것이 웬만한 산사태에서도 끄떡없을 만큼 튼튼해 보였다.

거기다 지어진 지 제법 세월이 오래되었는지 시간의 흐름이 고스란히 녹아 있는 외관도 나름 운치 있는 산장이었다.

"제가 먼저 들어갈게요. 보안 때문에."

역시나 이곳은 보호를 목적으로 지어진 곳이라 그런지 산장이지만 사방에 카메라와 전자 장치가 움직이는 소리가 현중의 귀를 자극하고 있었다.

아마 산장 안에서도 갑자기 나타난 현중 때문에 소란스러운 듯했다. 민감한 현중의 귀에 자동소총의 안전장치를 푸는 소리부터 권총의 탄창을 깨우는 소리까지 일사불란하게 들렸으니 말이다.

마리아는 주저없이 산장의 정문으로 가더니 손잡이를 오른쪽으로 한 번, 왼쪽으로 두 번 돌리고 다시 오른쪽으로 네 번을 돌렸다.

그러자,

철컥!

소리와 함께 손잡이가 안으로 들어가 버렸고, 마리아의 얼굴 높이에 작은 모니터 하나가 튀어나오더니 마리아의 눈을 향해 레이저로 홍채 인식을 시작했다.

그와 동시에 손잡이가 들어간 곳에 지문 인식 장치가 튀어나와 마리아의 오른쪽 엄지와 중지를 스캔하는 것이다.

"나름 최첨단이군."

뒤에서 지켜본 현중은 무슨 영화에서 나오는 장면을 보는 듯하면서도 실제로 저런 장치를 쓰긴 쓰는구나 하고 생각했을 뿐 별다른 감흥은 없었다.

어차피 현중에게는 그리 관심 있는 분야도 아니었고, 설사 저런 장치가 현중을 막아선다고 해도 발차기 한 번이면 끝날 것이기에 그냥 저런 게 있구나 하는 정도였다.

끼익!

마리아의 인식이 끝났는지 녹색 화면이 반짝이더니 문이 저절로 열렸다.

그런데 문이 열리자마자 자동소총의 총부리 여러 개가 마리아의 얼굴과 발끝까지 조준하면서 제일 먼저 튀어나오더니,

"신분증 확인하겠습니다."

딱딱한 남자의 말과 함께 마리아의 목에 걸려 있는 신분증을 잡고 작은 기계에 넣어다가 빼더니,

띠링!

녹색의 불과 함께 경쾌한 신호음이 들리자,

철컥, 철컬, 철컥, 철컥!

일제히 마리아를 겨누던 총이 거두어졌다.

"오랜만에 뵙습니다, 마리아 스핀 바로슈 백작 각하."

신분증을 검사했던 요원이 마리아를 향해 깍듯하게 경례를 하는 것으로 최종적으로 산장에 들어가는 검사는 겨우 끝이 났다.

물론 현중도 들어갈 때 남자들의 따뜻한 손길을 온몸에 받아야 했고, 홍채와 손가락 지문 검사도 필수로 받았다.

마지막으로 혹시나 모를 금속 탐지기로 검사해서 벨트의 버클 금속까지 다 찾아서 확인하고서야 산장에 출입이 허가되었다.

"현중!"

나름 파란만장한 검사를 끝내고 산장에 발을 들인 현중을 가장 먼저 반긴 것은 역시나 레이스였다.

와락!

레이스는 현중이 올 것을 알고 있었는지 깔끔하게 옷을 입고 머리도 포니테일로 살짝 묶어서 최대한 예쁘게 차린 다음에 곧바로 현중을 보자마자 달려가 안겨들었다.

"어이쿠! 제법 컸네?"

현중도 크게 변하지 않은 레이스의 모습에 나름 안심을 하면서도 씁쓸한 표정을 지울 수가 없었다.

‘레이스 베이스퍼, 네가… 바로 카일라제의… 육체로 쓰일… 운명일 줄이야. 젠장.’

만약에 카일라제가 레이스의 몸에 강림하게 되면 현중에게는 최악의 전말이 펼쳐지게 될 것이다.

그리고 베이스퍼를 적으로 돌리게 될지도 몰랐다.

레이스라면 끔찍하게 아끼는 베이스퍼이기에 말이다.

정말 이제 카일라제의 계획에 거의 다가간 현중이지만 어째서 다가갈수록 기분이 씁쓸해지는 것인지 정말 카일라제가 짜증나게 미울 뿐이다.

그리고 아무리 어리더라도 이 사실을 레이스 본인에게 알려야 했다.

아니, 어쩌면 레이스는 이미 알고 있을지도 모르겠지만 그래도 현중은 알려야 했다. 상황에 따라 현중 자신이 레이스를 죽여야 할지도 모른다고 말이다.

『현중 귀환록』 12권에 계속…

8월 말에 몰려오는 거대한 흐름!
세상을 보는 또 하나의 창!
이젠–북(ezenbook)!
클릭하세요!

오픈 할 때, 통큰 이벤트도 열립니다

세상을 보는 또 하나의 창-이젠북
ezenBOOK

Lord of MAGIC TOWER
마탑의 영주

유왕 퓨전 판타지 소설

최대 장르 사이트 문피아 선호작 베스트!
작가 유왕이 그려내고,
청어람이 펼쳐내는 신마법의 세계!

『마탑의 영주』

마법이 사라지고,
드래곤은 환상 속의 신화가 되어버린 세계.
누구도 그 흔적을 알지 못하는 세계.

"마법이 사라졌다고? 누가 그래? 내가 있는데!"

위대한 마법사이자 마지막 마법사인
스승의 진전을 이은 카르!
황폐해진 영지를 되찾고, 마법사들의 꿈인 마탑을 세워라!
세상에 오직 하나뿐인 새로운 마법의 시대를 여는
독보가 펼쳐진다!

TURNING POINT

홀로선별 장편 소설

**영빈!
동정의 몸이 되어
20년 전으로 회귀하다!!**

나이 서른아홉 모든 것을 잃고 한강 다리 위에 올랐다.
검푸르게 넘실거리는 깊은 물을 대면한 순간.

운.명.은 이루어졌다!

정령의 힘으로 결의한 지금
새로운 인생의 전환점을 넘어 미래가 펼쳐진다!

『터닝 포인트』

홀로선별 작가의 새로운 도전이 펼쳐진다!

LEGEND OF SWORD EMPEROR
검황전설

미르나래 판타지 장편 소설

2012년, 판타지가 또 한 번 깨어난다.
지금껏 보지 못한 격정과 치열함의 드라마!

『검황전설』

검의 극. 검이 태어나기 전의 장소.
그곳에 도달한 자를 '검의 황제'라 부른다.

괴롭힘 당하던 나약함을 벗고
치우천왕의 능력을 받아
오롯하게 검의 길을 향해 달려가는 아리안!

**검의 극을 이룬 자, 검황이라 불릴
아리안이 이끄는 그 전설에서
눈을 떼지 말라!**